隠れイケメンの年下社長を磨いたら熱烈求婚されました

★

ルネッタ🄛ブックス

CONTENTS

1. 変身ミッション

試着室から出てきた東雲（しののめ）を見て、可南子（かなこ）は息を呑（の）んだ。

——え!? 誰このイケメン！

思わず心臓が高鳴って、そんな自分を叱咤（しった）する。落ち着けこれは東雲律（りつ）。弟の同僚。五日前まで冬眠明けの痩せたヒグマ同然だった男。

——の筈（はず）。なのだが。

老舗百貨店の中にある高級紳士服店『エルム』で、可南子が東雲と顔を合わせたのは今週これで二度目で。

採寸の為（ため）に初めて顔を合わせた一週間前は、東雲は確かにモサ男だった。そして可南子が選んだスーツを、実際に彼の体に当てて微調整をするために、この店に呼んだ五日前も。

肩より長く伸びていた髪は毛先があちこちに跳ね、前髪も目を隠すくらい伸びていて、眼鏡にかかった髪の毛がよく視界の邪魔にならないなと感心したほどだ。背が高いのは知っていたがずっとマシン机の前にいるせいかやや猫背気味だったし、身に付けていたものも、かなり着古したシャツとジーンズとスニーカーである。これで本当に、小さいとはいえ一会社の社長なのかと内心頭を抱えたのはここだけの話として。

改めて現実と向き合う。

「一応確認なんだけど……東雲君、だよね？」

東雲のあまりの変貌ぶりに可南子は一瞬、他の客の試着室と間違えたかと思ったのだ。

「そうです、けど……」

けれど試着室を間違えてはいなかった。そもそも今現在、エルムに他の試着客はいない。

しかし東雲自身もまだ、自分の見た目の劇的な変化に認識が追い付いていないらしい。いかにも呆然（ぼうぜん）とした声だった。

可南子は自分の中の思考を整理する。もちろんある程度変わる予想はしていた。身長はある。姿勢はともかく骨格も悪くない。だからかなり化けるタイプだという確信はあった。

けれど……。

これは想像以上？　期待以上？　っていうかマジで別人じゃないの⁉

どうやら前の日に行っておくよう指示していたヘアサロンの店主の腕も大きかった。

可南子が仕事で知り合ったヘアサロンの年配理容師は、業界の中でも知る人ぞ知るセンスと技術の持ち主である。客の髪質や輪郭を瞬時に捉え、その人に一番合った、もしくは望む髪形を作ってくれる。偏屈な親父(おやじ)なので新規客はあまりとらないが、今回は可南子の顔を立てて引き受けてくれたのだった。

その理容師によって綺麗(きれい)に剃(そ)り落とされた髭(ひげ)と、短く刈り上げられた襟足やバランスよく整えられたサイドラインは、東雲の理知的な額と鋭角的な頬骨(ほおぼね)の輪郭を際立たせており、更に丁寧に整えられた眉が精悍(せいかん)さを醸し出している。

長い前髪を切って後ろに流すことであらわになった切れ上がった眦(まなじり)は、光る瞳をより強く印象付けており、全体に短くして後ろにすっきり流した髪型はかねてのもさもさ頭より彼の頭部を小さく見せ、結果的に肩幅を広く見せていた。

その理容師の手腕に加え、可南子が選んで用意した体型にぴったりと合ったスーツが、上半身の細い逆三角体型を際立たせている。更に洗練された紺地に細かいストライプの柄が彼に品の良さを与えていたが、それをそつなく着こなした東雲にも驚いた。あの初めて会った時の、もっさりしたグレイのスウェット上下姿からは想像もできない大変身である。

正直、予想を遥(はる)かに上回る出来栄えだ。その姿はいっそテレビなどに出る俳優やモデルと言っても通じそうである。

何と言っていいか分からず可南子は暫(しば)し絶句してしまっていた。

そんな可南子に、東雲は困ったように口を開いた。

「……どう、ですか？」

おずおずと訊(き)いてくるくぐもった低い声は、間違いなく東雲律本人の声である。つまりやはり別人ではない。当たり前だ。

東雲の後ろではキャーっと小さく快哉(かいさい)が上がった。彼のスーツを手直ししてくれた、『エルム』のテーラー兼紳士服販売員の古賀千春(こがちはる)だ。

「やっぱ驚きますよね！　髪の毛切っていらした時も『どちら様？』って思いましたけど、可南子さんが選んだスーツを着て頂いたらもう！　ばっちり！　これでもかってくらいイケメン！」

販売スタッフでもある古賀は、客の前だということも忘れて興奮した早口になっている。もっとも普段の古賀は完璧な接客ができているから、今回は可南子の身内に近い感覚で意識が緩くなっているのかもしれないが。

とにかくそれくらい、東雲の外見は完全に変わっていた。可南子に依頼してきた以上の出来栄えで。

◇◇◇

総合アパレルメーカー『エルム』の営業部紳士服部門に勤めている来栖(くるす)可南子に、弟の弘輝(ひろき)が泣きついてきたのはほんの六日前である。六月に入り、梅雨らしく雨が降っていた日だ。可南子の職場が入っているオフィスビルの窓には、幾筋もの雨粒が当たっては流れ落ちていた。

　可南子より四つ年下の弘輝は、大学時代に知り合った仲間と意気投合し、大学を卒業した三年前に有志でアプリソフトの開発会社『Access』を立ち上げた。昨今、起業のハードルはあまり高くないらしく、住所は社員のマンションの一室で、必要な初期投資も少なく当初社員が三名だったこともあり、彼らは細々とアプリの開発と売り込みに励んだ。

　弟とその仲間が起業した当初、可南子も含めた家族全員、借金だけはあまり作らずにすむようにと祈りながら静観していたのだが、意外なことに開発したシステムアプリの売り上げは順調に伸び、それなりの業績を打ち出す。これは創設メンバーである東雲の作ったアプリの手堅い優秀さに加え、初代社長となった八柳(やなぎ)の顔の広さ、弘輝のフットワークの軽さ等が功を奏した結果らしい。

　何はともあれ『Access』は成功した。その後も順調に売れるアプリソフトを開発し、売り上げを伸ばし、業界に少しずつその名を轟(とどろ)かせた。同時にスタッフもぽつぽつ増え、企業としての成長を見せる。

　そんなこんなで四年が経過し、社長をしていた八柳が急に辞任の意思を表明したのは、会社が軌道に乗り始めた今年の三月のことだ。曰(いわ)く実家の父親が倒れ、経営している町工場を継がねばならなくなった。

『正直ここまでくれば俺の人脈はもうそれほど必要ないだろ？　持ってた手札はほぼ全部使いきったしな。いいか？　うちの要は東雲だ。東雲の開発するアプリが堅実であれば存続できる。うまくすれば今以上の売り上げだって可能だ。だから――後は頼んだぞ、弘輝』

八柳はいい社長だった。精神的に常に安定し、スタッフを同じ方向に導いてくれていた。スタッフ全員、引き留めたい気持ちは重々にあったものの、実家の事情とあっては口が出せない。事実八柳の帰省は急を要していて迷っている暇はなかったから、結局彼の後任は東雲が継ぐことになった。会社のスタッフも皆、『Access』は東雲の頭脳と開発センスが要だと意見が一致していた。

――但し、「その見た目が何とかなれば」という条件付きで。

『姉ちゃ～ん！　頼む！　助けてくれよ』

そんなわけで副社長という立場だった弘輝から姉の可南子に、急遽ＳＯＳが入る。

「なによあんた、やぶからぼうに！」

突然電話してきた弘輝に、可南子は訝し気な声を上げた。可南子も弘輝も大学卒業後、実家を出て一人暮らしだったから、弟の声を聴くのは久しぶりだった。そして久しぶりすぎるが故に『所詮はぽっと出の会社だから、何か問題を起こして負債を抱えたのか』と思って身構える。

しかし違った。

『姉ちゃん、会社で紳士服扱ってるんだろ？　じゃあ、うちの新社長が着て似合いそうな服を身繕ってほしい！　一週間後の二時頃までちょっぱやで！』

弘輝の声は切実だった。聞けば『Access』の業績に目を付けた投資家が出資金を申し出、近々プレゼンの場が持たれるらしい。そこに放り込める程度に、東雲の外見を社長らしくしてほしいというのが弘輝の依頼だった。

「ええ？　そんなの適当にスーツ着せたらいいじゃない」

可南子は呆（あき）れた声で応じる。つるしでも何でも、着ればそれなりに見えるのがスーツの便利なところだ。もちろん高級品の方が断然見栄えはよくなるが、若い男性が無理に背伸びしたってしようがないだろう。しかし弘輝から驚きの事実が聞かされる。

『あいつ、スーツなんて持ってねえよ！　なんせ一年中同じシャツとジーンズかスウェット、上下三枚ずつで着回してるんだから』

「一年中!?」

思わず大きな声が出た。

「俺のを貸そうにもあいつでかすぎるしさあ」

「あー、そうなんだ……」

弘輝も決して小さくはない。確か最後に測ったと聞いた時は百七十八㎝くらいだったろうか。

ただ、弘輝はひょろりと細いので、その新社長は更に背が高く恰幅（かっぷく）もいいのかもしれない。

そして確かにサイズの合わないスーツほど貧相に見えるものはない。商品として扱ってるからこそ可南子に実感がこもる。しかし同じ服を三着着回し？　ワードローブほぼそれだけ？　最近流行(はや)りのミニマリスト？

『急な就任とはいえ、今後も絶対必要になるものだろ？　だからあいつに似合うものを何着か身繕ってほしいんだ。できれば服だけじゃなく小物一式も』

「は？」

　話がどんどん大きくなっていく気がして、可南子は変な声を出す。

『だから、あるだろ？　靴とかネクタイとか腕時計とか？　その、社長として持ってて遜色(そんしょく)なさそうなもんが。そういうの、姉ちゃんだったら詳しいだろ？』

もちろんある程度は分かる。『エルム』が取り扱っているのは紳士服だが、トータルコーディネートを求められることだってあるから、必要な知識は勉強してきている。

「まあ、そりゃあ色々あるけど……ある程度見られてもいいものなら安くはないわよ？」

問題はそこだ。スーツ一枚だって、量販店のつるしでいいというならともかく、ちゃんとした生地と縫製のものを用意しようと思ったらそれなりにかかる。もちろん靴や腕時計だって同様だ。

『もちろん！　そこは充分な経費を用意する。うちの会社のこれからがかかってるからな。とにかく姉ちゃんにはあいつのヤバい外見を何とかしてほしい！』

　どうやらかなり事態は切迫しているらしい。弘輝の声には必死さが滲(にじ)み出ていた。

「そんなにヤバいの？　その……東雲君とやらの見た目は」

『ヤバいっていうか……あのままだとさすがに公式の場には出せない。でも、素材はいい筈だから整えたらいけると思うんだ。頼むよ！　一生恩に着るから』

即答だった。しかも出たな、弘輝の『一生のお願い』。

昔から弘輝は何かあると、姉の可南子に泣きついてくるのだ。元々人懐こい性格でモテてたから、付き合う彼女たちがダブルブッキングした時とか、大学受験でいよいよヤバそうになった時とか。その度に思い切りしばいて女の子たちの前で土下座させたり、発破をかけて死ぬ気で勉強させたり、何度面倒をみたか分からない。

会社を立ち上げて音信不通気味になってから、ようやく独り立ちしたかと安心していたのに。

でもまあ、確かに仕事で得た紳士服の知識はある。社長っぽい服、なんて簡単に言われても困るが、状況や体型などに合わせてどんな色や生地が映えるのかも。夏のセールが始まる前だから、可南子自身もまだ時間的に余裕があった。

そして本音を言ってしまえば、そこまでヤバいと言われる男を、可南子の手腕でどこまで変身させられるのかも、少しだけ興味をそそった。

「仕方ないわねえ……」

深いため息と共にそんなセリフを吐き出すと、通話越しに弘輝が喜ぶ声が聞こえた。

『助かるよ！　本当に恩に着る！』

「はいはい」と弘輝を軽くいなし、可南子は言った。
「で、その東雲君とやらはどこに行けば会えるの？」

とにかくまずは本人に会わねば。本人を見ることなくコーディネートなんてできっこない。東雲は会社に引きこもり状態とのことだったので、翌日の終業後、直接『Access』を訪ねることにした。弘輝から送られてきた住所によると、可南子の職場からさほど遠くはない。以前同じ住所を聞いたような気がするから、起業当時から移動していないのだろう。

最寄り駅である市ケ谷(いちがや)駅を出て坂を少し上ると、一階にカフェが入った小奇麗なオフィスビルがあり、その五階に『Access』はあった。さほど大きくはないが、セキュリティが整っていそうな新しいビルである。

ＳＮＳメッセージで到着の連絡を入れると、そのまま上がってくるように指示された。シンプルなアルミ板に『Access』と表示されたドアを押すと、弘輝が出迎えてくれた。

「ごめん、ちょっとトラブって手が離(わ)せなくて」

駅まで迎えに行けなかったことを詫びているのだろう。片手を祈る形にして詫びる弘輝に気にしないでと片手を振り、社内に入っていく。

フロアは八つほどの机を向かい合わせにくっつけて二つの島にしており、スタッフらしき男性がまだ二名残っていた。彼らは可南子を見てぺこりと頭を下げる。弘輝はそのまま奥のドアがある方へと進んだ。どうやらそこが社長室のようだ。

「律、来たぞー！」

弘輝はノックもせずにそのドアを開ける。

「姉貴、こいつが社長の東雲律」

弘輝は追いかけるように入ってきた可南子に顔を向けて、奥にいた人物を親指で指した。さして広くない上に窓ひとつない穴倉のような部屋の中には、奥の壁沿いにUの字型に置かれた机の上に何台ものPCが並んでいて、そのマシンたちに囲まれるように一人の男が座っている。

彼はモニターからゆっくり振り向いて可南子の方をちらりと見た。

しかし可南子のことなど眼中にないように、ぽつりと呟く。

「弘輝、N社のシステムバグ潰した」

「え？　マジ!?　あれ、絶対明日いっぱいかかると思ってたのに、さすが律！」

弘輝も彼の呟きに歓声を上げる。どうやら面倒なトラブルが解決したらしい。そんな東雲を、可南子は弘輝の後ろから観察する。肩より長くぼさぼさに伸びた髪と髭。どう見ても寝間着と変わらなそうなグレイの上下スウェット。野暮ったい眼鏡には恐らくPC用のブルーライトカット入り。前髪の長さで目元はよく見えず顔の輪郭もはっきりしない。けれど上背はある。細身に見えるが肩幅は広く、手足も長そうだ。

続けてマシン用語で喋る二人に痺れを切らして声をかけた。

「悪いけどトラブルが解決したならそろそろ紹介してもらえる？　それともこのまま帰りましょうか？」

にっこりと営業用の笑みを浮かべた可南子に、東雲はギョッとしたように視線を避け、弘輝が慌ててとりなし始める。

「律、N社のバグ潰したんならあとは篠崎と牧野に任せていいな？　こっちはこの間話した俺の姉貴」

「初めまして、来栖可南子です」

可南子はにっこり微笑み、名刺を取り出して東雲に渡す。東雲は受け取ったその名刺を凝視し、けれど何も言わなかった。自分の名刺を返すことさえしない。さすがに社長ともなれば名刺の一枚も持っていないんだろうか。

無口なのか、それとも単に面倒くさいのか。表情が見えないのでその辺りはよく分からなかった。

「そんなわけで、明日は姉貴に付き合って貰って外見改造してもらって」

「え！」

「え、じゃねえよ！　八柳さんの代わりにお前が社長になったんだから、ちゃんと出資者会議に参加してプレゼンしてもらうぞ」

「それは……！」

どうやら東雲は激しく狼狽しているらしい。

「やっぱ、弘輝が社長ってことで……」

「だーかーらー、俺じゃ見た目若造だから舐められるって言ったろ？　それにとっくに名刺は刷っちまったし、マシンのことも会社法のことも律が一番詳しいんだぞ？　もちろん横で俺もフォローするけどとにかくうちの要はお前なんだから！　技術的なことを聞かれたら絶対お前の方が適任なんだから！」

それでも尚抵抗しようとする東雲に、可南子は横からスタスタと近寄り、彼の前髪に手をかけてざっとかきあげる。分厚いフレームの眼鏡の奥から存外綺麗な目が見開かれた。

「うん。確かに素材はいい」

「え」

突然やってきた初対面の可南子に急に髪に触れられて、東雲はピキーンとフリーズしている。

しかし可南子は構わずバッグからメジャーを取り出すと肩幅を測り始めた。この場合遠慮していたら何も進まないと判断する。時間を無駄にする気はない。

「はい、もっとちゃんと体を起こして……48？　肩幅はかなり広いね。じゃあ立って」

「え、は、はい」

可南子の迫力に押されたのか、東雲は素直に立ち上がった。身長が１５５センチの可南子は急に見上げる格好になる。

「あ、やっぱおっきいね。百八十センチ以上あるよね？」

「六、くらいです。最後に測ったのもう何年も前だけど……」

可南子は東雲をその場に立たせたまま、後ろを向かせて首の後ろから着丈を測る。

「靴のサイズは？」

必要な個所を測りながら、可南子は質問を続ける。

「にじゅう、はち……」

「オッケー。次は胸回りと腰回り測るよ」

「え？」

更に前を向かせて「失礼、少し手を上げてね」と胸回りや胴回りを測った。意外なことに、至近距離になった東雲からは清潔な石鹸の匂いがする。

可南子が広い胸板に抱き着く格好になり、東雲は両手をホールドアップ状に上げたまま完璧に固まっていた。もっとも可南子は慣れているので全く気にしていない。

「うん、大体わかった」

そしてそれぞれ測った数字をメモする。

「これなら既製品に少し手直しすれば何とかなりそうね。明日、十時にここに来て」

可南子は自分の会社が出店している老舗百貨店の名前とそこまでのアクセスを告げる。

「え？　おねーさんが一緒に行ってくれるんじゃあ……」

迷子のように情けない顔で律が言う。

「誰があなたのおねーさんよ。生憎だけど、私は明日と明後日出張なの。でも出る前にあなたに合いそうなスーツを身繕っておくから、担当の子に会って微調整してもらって。それが終わったら五階のヘアサロンも予約しておくわ。そこでその髪と髭をなんとかして。受け渡しは……急がせて三日後ね。その日ならフレックス使えるし、それまでに小物も用意しておくからその時にまた会いましょう」

頭の中でざっとスケジュールを組み立ててテキパキと東雲に告げた。営業職なので多少の時間の融通は利く。しかし東雲はまだ呆然としたままだ。

「で、でも、デパートなんてどんな格好でいけばいいのか……」

「は？」

変な声が出た。そう言えば三着くらいの服でずっと着回してるんだったか。

「別に来る時は普通の格好でいいけど？　デパートで買い物とかしたことないの？」

老舗百貨店と言っても、若者向けの服やグッズも置いているし、イベント等も開催している。高級店が入っているフロアもあるというだけで、さほど敷居が高いわけではない。

「必要なものは……ネットで買うから……」

しかしぼそぼそとそう返されてため息が出そうになる。東京に住んでいてデパートに行ったことがない人間に会うとは思わなかった。もっとも時代はネットショッピングも強くなっている。アパレルに興味がなければ珍しくはないのだろうか。

「姉ちゃん、ごめん。律は極度の人見知りというか引きこもりで……」

弘輝がとりなすように間に入る。

「だってあんたと大学が一緒だったんでしょ？」

「俺らの頃はほぼリモートだったし」

そう言えば弘輝が大学に入った頃は、感染力の強い病気が流行って、できるだけ在宅が推奨されたのだった。可南子たちの母親が「これで受講料は安くならないんだもんねえ」とぼやいていたのを思いだす。

「それでよく知り合えたわね」

「そこは前社長の八柳さんが『優秀なのがいる』って引っ張ってきたから。あの人そういうの得意だったし」

可南子は二の句が継げなくなった。いやしかし昨今ならそんなコミュ障の成人男性も珍しくないのか？　業種によっては？　でもそれで社長が勤まるの？

可南子は片手で額を押さえながら言う。

「……大体わかった。でも私も子供の引率よろしく一から全部付き合ってあげてる暇はないの。今回は時間もないしね。できる限りの準備はしとくから、自力でも弘輝の引率でもまずは店に来て。ＯＫ？」

背が高い東雲を見上げながら、可南子は仁王立ちで言った。これでも四人兄弟の長女なのだ。弘輝だけにかかわらず弟妹の面倒は慣れている。甘やかす気もない。

弘輝が東雲の方を見ながら「俺、明日朝イチでＮ社のリカバリー……終わり次第合流する」とぼそぼそ言った。

東雲はようやく覚悟を決めたらしく大きな深呼吸を一回してから「分かりました。行きます」と頷(うなず)いた。

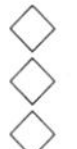

そんな経緯を経(へ)ての一週間後だった。
可南子は午前中だけ半休を取り、東雲に指定した百貨店の出店先に向かった。小物は既に用意してある。シックなネクタイピンや腕時計、ハンカチなどだ。あくまで華美でなく、しかし上品且つ高級感のある品を。それらを入れた紙袋を両手に抱え、紳士服売り場の奥にある試着室に出向いてみたら、想像以上に変わっていて絶句したというのが事の次第だ。
「東雲律君、だよね？」
「そうです、けど」

「眼鏡、かけてなかったっけ」

「あれは仕事用のブルーライトカット入れてるだけのやつで……視力は別に悪くないから」

そうだったのか。

あまりの変わりように一瞬別人かと疑ったが、本当に本人だった。

二人の後ろで彼の着替えを手伝った古賀千春が嬉しそうに目を輝かせている。

驚くばかりの変身ぶりに、動揺している自分をごまかすために可南子はコホンと咳払いをすると、「感想は?」と訊く。東雲は自分のあちこちに目をやり、最後に大きな姿見を見ると「自分じゃないみたいです」とぼそりと言った。

――うん、そうよね。私もそう思う。心の中でそっと呟く。

「着てみて違和感やきつい所はない?」

「あ、それは。思ったより楽だし動きやすいです」

「そう。それならよかった」

可南子が嬉しそうに微笑むと、東雲の頬もほんのり赤くなった。照れているのかもしれない。

「スーツやワイシャツ、ネクタイ、靴、小物など含めてこれだけの値段になるけど……どうする?もし好みに合わないものがあれば取り換えるけど」

変に上擦った心を落ち着かせるために通常の接客モードになって支払額を提示する。東雲は軽く七桁を超えたその額を一瞥すると、迷うそぶりも見せず「大丈夫です。カードでいいですか?」

と自分のバックパックからカードケースを取り出す。そして無制限のカードを出して「一括で」と言い切った。後ろで千春がひゅう、と音も立てず唇の形だけで息を吐く。

「お買い上げ、ありがとうございます」

可南子は支払い手続きを千春に任せて、自分のタブレットを取り出した。

「腕時計はさすがに好みもあると思うからざっと目星をつけてきたけど、この辺りでどうかしら」

手渡されたタブレットをスワイプさせ、東雲はスペックを確かめながら「これかな」と選んだ。

選択が早い。その姿は濃紺のスーツに整えた顔立ちが相まって、本当に大企業の社長のようだった。心なしか動作にも自信が生まれている気がする。

デジタルになると慣れているのか、東雲は千春が持ってきたクレジット支払い手続きのタブレットにもさらさらと淀（よど）みなくサインした。

「これでいいですか？」

「ええ。ありがとうございます。このまま着ていかれますか？」

決済が無事に済んだことを確認して、千春は東雲に訊いた。

「あ、はい」

「もしよろしければ他の荷物は後程届けさせましょうか。必要ならタクシーも呼べますが」

結局スーツ三着にワイシャツやネクタイ、靴に小物とかなりの量になっている。このまま手で持って電車で帰るのはきついだろう。

「あ、あの、じゃあ配送で」

「畏まりました。本日中にお届けします」

千春が如才なく配送の手続きをする。

「じゃあ私はお見送りしてくるので古賀さん、後をお願いしますね」

なんだかんだと可南子からしてみたら、自社の高級商品を一気に買ってくれた上得意だ。お見送りくらいしても罰は当たらないだろう。

「はい」

そのまま東雲を誘導してエレベーターで階下に降りる。フロアを抜けて歩いているとあちこちから他の客の視線を感じた。主に女性が、頬を染め、こちらをちらちら見ながらこそこそと連れと話している。無理もない。今の東雲はどう見てもかっこいい。ふと目に留まれば釘付けになるのは必然でしかない。

「あの、俺、やっぱりおかしいんでは……」

しかしそんな視線に慣れていない東雲は、自分に集まる視線の意味が分からなかったらしい。

可南子は並んで歩くどこか不安そうな東雲を見上げ、じっと彼の目を見つめる。

「私のセンスが信用できない？」

おどおどする彼がおかしくて、ついからかいたくなったのは否めない。

「いや、あの、そうではなく！」

頬を紅潮させて否定するのがやばい。可愛(かわい)い。

「ごめんなさい。嘘(うそ)よ。とてもよく似合ってる。注目を浴びるのは不快かもしれないけど、今のあなたの外見ならやむを得ないかもね」

可南子がいたずらっぽく微笑んで見せると、東雲は更に顔を赤くして視線を逸(そ)らす。これは完璧に照れている。

「……変な気分です」

やがて東雲はぽつりと言った。

「見た目が違うだけでこんなに周囲の注目をあびることが」

可南子は考える。彼は戸惑っているのだろうか。それとも憤っている？

「こう考えたらどうかしら。今回あなたが入手したのは攻撃力と防御力を上げるための戦闘服だと」

「戦闘服？」

東雲は可南子の方を見て、何を言わんとしているのかとその表情を窺(うかが)った。可南子は顔に落ちかかっていたサイドの髪を耳にかけて話し始める。

「ゲーム、したことない？　最初は『ぬののふく』と『こんぼう』で旅に出て、でもお金を手にしたら鎧(よろい)や剣を買い揃(そろ)えるの。少なくともあなたの今の格好は先日会った時より他者に与える印象の攻撃力が上がったはず。もしかしたらあなたの戦闘意欲(モチベーション)も」

外見が周囲に与える影響が大きいのは当然だが、それは本人にとっても同じだと可南子は思っている。身なりを整え、似合う服を身に着けただけでそれまで不安そうだった客が、自信を得て嬉しそうに輝くのを何度も見てきた。ファストファッションを否定する気はないが、いい素材と培(つちか)われた技術を使った服には相応の力があると確信している。

可南子の言葉に、東雲は自分のスーツ姿を見下ろして考え込む顔になる。既に正面玄関は見えていた。正面玄関のそばにはタクシーの降車場があって、客待ちのタクシーが常時やってくる。

可南子は思いついたように東雲を見上げて言った。

「それでもまだ不安が残るようなら……、よかったらこれを貸してあげる」

胸元の内ポケットから取り出した銀色の万年筆を、東雲の胸ポケットにそっと差す。

「これは？」

「私が就職した時、気合を入れるために買ったものだけど、ここぞという時に持っていると大抵うまくいくの。いわゆるゲン担ぎ的な？」

なんとなく放っておけなくなった。可南子の采配によって東雲は目を瞠(みは)るほどの変貌を遂げたが、それでも精神的には世に出たばかりの雛(ひな)のようにどこか萎縮している。お守りになるようなものを渡してあげたかったのだ。

銀色の細身の万年筆は、当時かなり背伸びをして買った高級品で、デザインもユニセックスなものだから東雲が持っていてもおかしくはないだろう。

東雲はやはり少し考え込む顔になったが「お借りします」と受け入れた。何となく信頼関係が築けたようで嬉しい。

まっすぐ向けられた視線に、彼の中のスイッチが入ったような気がして、可南子はそんな彼が少し眩しく映った。

「よかった」

「今日は本当にありがとうございました」

「どういたしまして。頑張ってね」

東雲は目元を緩めると、タクシーに乗り込んだ。可南子は交差点を曲がったタクシーが見えなくなるまで彼を見送っていた。

弟の弘輝から出資者会議のプレゼンが上手くいったとメッセージ連絡があったのは翌日、プレゼン会議の当日だ。かなり興奮した文章で可南子に熱い礼の言葉が続いていた。

『姉ちゃんのおかげで誰？　っていうくらい律が変わってた。しかも見た目が変わったせいかすんげえ堂々とした立ち居振る舞いでさ、いや、俺も色々レクチャーしたんだけど！　その成果もあってか出資者たちも見事な食いつきで。本当に大感謝！』

その後に大喜びのキャラスタンプが三つ続いている。可南子としても大任を果たした気分で嬉しかった。自店の大きな売り上げをあげたことももちろんだが、それ以上に東雲が可南子の助力によって何かを好転させたのなら気分がいい。

『ついてはお礼に晩飯でも奢りたいんだけど、どう？』

弟と食事？　まあそれもいいか。その後の東雲の様子も聞いてみたい気がするし。

『奢りなら行こうかな』

五秒で返信が来る。

『おけ！　じゃあ今度の金曜日に下記の店で19時、どう？』

金曜日なら翌日は休みだ。心置きなく飲めそうである。

『りょーかい。じゃ、当日店で』

可南子はリマインダーアプリに予定を打ち込むと、いい気分で伸びをした。

日が暮れても梅雨独特のじめじめした外気から、空調の利いた店内に入りホッとする。この時期は湿気がうっとうしくて、セミロングの髪は大抵結い上げている。

指定された店は創作系居酒屋で、和風のメニューを主体に日本酒の揃えもいい感じだった。

しかしガラリ戸を閉めて店内を見回すと、可南子を迎えたのはなぜかスーツ姿の東雲である。今回は前回のプレゼン用ではなく、同時に仕事用として何着か買った内の、少しカジュアルな明るい色味の夏らしいスーツだった。

——え？　なんで？

東雲は可南子が来たことに気付くと小さく頭を下げた。ということは偶然同じ店に来たわけではないのだろう。そもそもつい先日まで引きこもり気味だった筈の男だ。こんなところで偶然出会うわけもない。

「あ、あの、おね……じゃなかった、来栖さん？　には万年筆も返したかったし、弘輝にそう言ったら今日ここで会えると聞いたので……」

「あ、そうなんだ。で、当の弘輝は？」

「それが……急用が入ったとかで……」

申し訳なさそうに言われて、腑に落ちる。それと同時に着信音が鳴り、弘輝からのメッセージが入っていた。

『悪いけど急用！　代理に律を送るからそいつに奢らせて』

可南子は眉間に小さな皺を寄せて考える。

あいつ、もしかして仕組んだ？　それとも東雲に頼まれて？　そんな策を弄しそうなタイプにも見えないけど。

とはいえ心のどこかで律に会いたい気がしていたのも本当だった。

「そう。じゃあせっかくなので一緒にご飯でも？　私とでよければだけど」

「あ、ぜひ！」

多少の作為は感じるが、イケメンと差し向かいで飲むのは可南子とて異論はない。そもそも東雲はイケメンとは言え変貌の瞬間に立ち会っているので、ある意味雛の巣立ちを見守った親鳥の気分もあり、それでいながら可南子に対し照れたり動揺する姿がちょっと可愛い。多少悪趣味と言えなくもないが、本人に言わなければセーフだろう。

「何を飲もうか。まずはビール？」

「いえ、あのビールはちょっと苦手で……」

「そうなんだ。――あ、『酔鯨（すいげい）』がある！　私はこれで。東雲君は？」

「あ、じゃあ同じので」

どうやらお酒にはあまり詳しくないらしい。外出しないとなればさもありなんだろうか。お通しと一緒に運ばれてきた日本酒のグラスを、持ち上げて二人で乾杯した。

「プレゼン、お疲れさまでした！」

「いえ！　こちらこそ大変お世話になりました！」

東雲は頭を下げながらグラスを傾ける。そして透明な液体を口にした途端「美味（おい）しい」と呟いた。素直で可愛い。

「ふふ、でっしょお♪」

可南子は好きな酒を気に入って貰えて得意になる。二人でグラスを傾ける内に頼んだ料理も運ばれてきた。刺身のマリネやエスニック風味の焼き鳥など、なかなかに酒が進むメニューだ。最初は寡黙だった東雲も徐々に口元がほころび始める。

「あの、本当に、今まで服とか考えたことなくて、ずっと着られればいいやって感覚だったから、今回は本当に助かりました」

「どういたしまして。でも東雲君のセンスも結構よかったと思うな」

いくつかの候補は上げたものの、画像を送った上で好みに合わせて決めたスーツ類だった。しかし可南子が提案した中で、東雲が決めた服はどれも可南子が最有力候補に入れていたものだ。そして実際、それらは彼に良く似合っていた。

「今回は時間がなかったから私がうちの商品で選んじゃったけど、着始めたら自分の好みも段々分かってくると思うから、その上で今後も選んでいったらいいと思うよ。相談くらいならいつでも乗るし」

アルコールが入ったこともあって、ついつい調子に乗ってしまう。しかし東雲は嬉しそうだった。けれどそんな東雲の顔が不意に曇る。

「そうですね。ただ……」

「ん？」

顔を曇らせた東雲に、可南子は小首を傾げて彼の言葉の続きを待つ。

「人に見られるのが慣れません」

「あー……」

見られるというのは、注目されてしまうということだろう。

それは分からなくもない。今まであんな部屋に隠れてひっそり生きてきたのだ。それがいきなり世に出て衆目を集めてしまったら動揺するだろう。

「でも来栖さんに言われたことを思い出しながら頑張りました」

「え？」

「この服は戦闘服だって」

東雲の目に熱がこもる。その瞳に心拍数が上がった。

「戦闘力は足りてた？」

あくまで平静な顔を保って聞き返す。

「はい、あなたのおかげで」

力強い答えにときめいてしまう。可愛いとかっこいいの間を揺れてる彼が眩しい。

「ただ……困ったこともおきまして……」

そう言うと東雲は綺麗な目を伏せる。

「なに？　聞いてよければ聞くけど？」

「実は……出資者の方に気に入られたのはいいんですが、その……会議の後、娘さんの交際相手にどうかと言われてしまって……もちろん冗談だとは思うんですけど」

「うわお」

思わず目を丸くしてしまった。今でも子供の結婚に口を出すような、時代遅れな輩がいるのだ。いや、本当に冗談かもしれないが。

「仕事の話は良かったんです。経営のことも技術的なことも関わってきたからわかります。でも女性に関しては、あまり……その、免疫がなくて」

なるほど、変身前の彼では女性関係は疎そうだ。

「で、どうしたの？」

「それがつい咄嗟に、自分には好きな人がいるから、と言ってしまって……」

「いるの？」

思わず素で聞き返してしまった。いや、いてもおかしくはないんだろうけど。思いもしなかった展開に可南子は手に取りかけた焼き鳥を皿に戻す。

「いえ、あの、その……」

東雲の答えは煮え切らない。

「東雲君？」

「その時思い浮かんだのが、つまり、来栖さんの顔だったんで、だから、勝手に……」

「ええ……？」

ちょっと待て、これって告られてる？　本気で？　それともその場しのぎ的な？

「すみません……」

そう言って東雲は手で口元を覆って顔を逸らしてしまった。

いや、そこで謝られてもいま一つ状況が掴めないんだけど。

「えーと、怒らないで聞いてね？　それって私のことが好き、ってことでしょうか」

東雲は口元を覆ったままもごもごと言った。

「……わかりません」

――わからんのかい！

思わず心の中でツッコミを入れる。ツッコんではみたものの、その困った顔が可愛い。可愛いと思ってしまう自分がもうヤバいかもしれない。

可南子は一度置いた焼き鳥を再び口に運んで咀嚼した。少し落ち着かねば。

「質問を変えるね。最後に会った日から、私に会いたいと思ったりした？」

会いたい気持ちがまず基本だ。会いたい。顔が見たい。話したい。人を動かす欲望から何かが始まる。

東雲は相変わらず視線を逸らしたまま、けれど考え込む顔で言った。

「………………たぶん」

——たぶんなんだ？

思った以上に東雲のコミュ障は酷いらしい。それが恋愛方面限定かどうかはともかく。

「私は東雲君、嫌いじゃないな」

可南子はぽつりとそんなことを呟く。

「え？」

東雲は驚いた顔で真っ赤になった。

「なんていうか……対人関係は不器用だけど物事には真面目で一生懸命な感じがする」

それは何日間かメッセージをやりとりしての感想だった。基本的にレスポンスは早かったし、文章でのやりとりは存外平気らしく簡潔で、弘輝が社長として推していた意味が分かる気がした。

「本当は、私が思っている以上に優秀な人なんだろうけど」

キレのいいアルコールが可南子の口を軽くさせていた。だってこんなにイケメンなんだし。尚且つ可愛かったりするし。

「じゃあ付き合って貰えますか？」

ストレートに訊かれて揺れた。揺れたということは心は半分動いているのだろう。だけど……。

「それとも俺が年下だから、気になりますか？」

「どう、かな……」

嘘だ。年下なのが気になっているわけではない。聞けば弘輝より二つ年上らしいから、可南子の二つ下。二十六歳。それくらいなら全然許容範囲内だろう。

それよりも彼の恋愛経験値の低さが気になる。ひよこが初めて見た動くものを親だと思い込むように、たまたま係(かかわ)ることになった可南子に憧憬(しょうけい)のようなものを抱いているだけではないのだろうか。元々可南子は長女で世話焼き気質(かたぎ)だ。そこに『甘えられる相手』として踏み込んでくる男は多かった。けれどそういうのに限って、勝手にコンプレックスを抱えて自滅する者もいる。

東雲がそういう男かどうかは分からないが、急接近するには慎重さが必要だった。

そんな可南子の思考を、背後からの思いがけない声が遮断した。

「あ、来栖さんだー！」

店の入り口から聞き覚えのある高くて甘い声が聞こえて、可南子の血の気がさっと引く。

「きゃー、お久しぶりです！　お元気でしたか？」

少女のようなその声の主は、可南子のそんな変化には気付くことなく、無邪気に話しかけ続けた。

「……桃花(ももか)ちゃん？」

振り返ると、甘い声の持ち主は小柄な体に不似合いな大きなお腹(なか)をしていた。

彼女の背後には、可南子が彼女以上に良く見知った男が、ギョッとした顔で立っている。

「……生島(いくしま)くん……」

可南子は何とか普通の声を絞り出した。

「……久しぶり」

可南子と生島と呼ばれた男の聊か緊張した面持ちに、東雲が訝しげな顔になる。

「可南子さん？」

東雲の問いかける声にハッとした。

「あ、えーと、会社で同期だった生島君。と、同じく出店先でバイトしてくれてた桃花ちゃん」

可南子は簡単に二人を紹介した。

「っていうか、桃花ちゃん、そんなお腹でこんな夜に出てきて大丈夫なの？」

その大きなお腹はどう見ても妊婦である。しかも臨月とまではいかないとしても、妊婦だと分かる程度にはお腹が膨らんでいる。居酒屋には場違いに見える。

「可南子さん、聞いてくださいよぉ。それがね、妊婦にも適度な運動は必要だって言ったら、カズ君が『それでも一人だと心配だから、夜に俺が仕事から帰ったら散歩しよう』って。で、出かけがてらここのご飯が美味しいって聞いたから連れてきてもらったんです。あ、もちろん私は飲めないんですけど！」

無邪気に話す桃花の後ろで、生島は居心地悪そうにそっぽを向いている。しかし桃花はずっと可南子の方を向いていて、背後の生島の様子に全く気が付いていないようだった。

「来栖さんこそデートですか？　こんなカッコイイ人と！」

無邪気に訊いてくる桃花に、可南子は是とも非とも言わず、ただにっこりと微笑んだ。

「私たちはそろそろ帰るところなの。でもあなたたちはゆっくりしていって？　ね、東雲君」

急に振られて東雲も無言で立ち上がった。「じゃあね」と歩き出そうとした途端、急に足元に酔いが来て、転びそうになるのを東雲が支える。

「大丈夫ですか？」

「うん。ごめん、ありがと」

しかし東雲は可南子の肩を強く抱いたまま歩き出した。そして生島のことを軽く睨(にら)みつけると、勘定を済ませて店を出る。その間も可南子の肩を抱いたままで。

店を出て数メートル歩いたところで、可南子の肩から力がふっと抜けた。

「あ！　すみません！」

慌てた様子で東雲が肩を抱いていた手を離す。

「ううん。なんか変なところ見せちゃったね。こっちこそごめん」

「……あの妊婦の人はともかく、来栖さんと生島ってやつは、その、なんか変だったんで」

可南子は大きく息を吸い込んで吐く。東雲は意外と目端が利く。コミュ障と観察眼は別物なんだろうか。

「うん、たぶん東雲君の想像は当たってる。あの人、元カレ」

会社の同期だったのも本当だ。部署や支社は変わったものの、年度末である三か月前、生島が辞めるまで同僚だった。

「入社して一年くらいで付き合い始めて……五年かな。最後の二年くらいは一緒に暮らしてたけど私が営業になってから忙しくてすれ違いが多くてね、半年前に転職するから別れたいって言われて出てったんだけど」

可南子と生島が付き合っていたことを知る者は少なかった。周りに何か言われるのが煩わしくて敢(あ)えて隠していたからだ。

そして店舗アルバイトに来ていた桃花と店で顔を合わせることはあったが、彼女が生島にモーションをかけていたことに可南子は全然気付いていなかった。生島がバイトを辞めた桃花と結婚したと風の噂(うわさ)で聞いた時は、随分早く切り替えたんだなと半ば感心していたのだ。

けれど先ほど見たお腹の様子では、どう見ても妊娠五か月は軽く超えているだろう。つまり可南子と桃花に重複期間があったということだ。

「私、とっくに裏切られていたんだなあ……」

既に別れた相手だ。気持ちが冷めてきていたのも何となく分かっていたし、今更未練はない。それでも裏切られていたのだと思うとショックだった。

「本当にごめんね、変なところ見せちゃって。でも東雲君といる時でよかったわぁ」

「え？　何でですか？」

「だって、和樹よりイケメンと一緒にいたんだもの。しかも肩まで抱くような親密さで？　あいつちょっと悔しそうな顔してたからスッとしたわ」

自分が捨てた女でも、自分より高スペックに見える男と一緒にいたのは悔しかったらしい。実に勝手な感情だと思うが分からなくはない。

「それは……来栖さんの肩が、震えてたから……」

「え……」

自分の肩が震えていたなんて、全然気付いていなかった。

そしてそれ以上に頬を赤くして言う東雲の姿にキュンと来た。これは酒が効いているのだろうか。それとも元カレの裏切りを知ったショックが理性を麻痺(まひ)させているんだろうか。

「それでも、ありがとう」

じっと彼の顔を見上げると、二人の間に奇妙な熱が立ち上るのを感じる。そう言えば東雲とは恋愛感情があるかどうかについて話していたんだった。少なくともお互い嫌いではないのは確認済み?

東雲の顔がゆっくりと近付いてくる。あ——、と思ったが、可南子はそれを避けなかった。

触れるだけの柔らかいキス。

十秒で唇は離れて、可南子の耳元で東雲は「すみません」と掠(かす)れた声を出した。

「あの、送りましょうか。それともタクシー……」

顔を背けて路上を進もうとする東雲の袖を掴む。こんなのだめだと思う。東雲とはまだ知り合ったばかりで、しかも弟の同僚で、互いの間にある感情もよく分かってなくて。この場合、さっさと別れて家に帰るべきだろう。

しかし掴んでしまった可南子の手は動かなかった。

袖を掴まれて振り返った東雲はギョッとした顔になる。

「く、来栖さん!?」

東雲がなんでそんなに驚いているのか分からない。

「なに?」

「あの、泣いてますよ?」

言われて頬を触ると確かに濡れていた。やばい。化粧が落ちちゃう。マスカラはウォータープルーフだから大丈夫なはずだけど、仕事が終わってから来たからファンデはやばいかも。

「やだ、ごめん！　本当にごめんね！　大丈夫、すぐ収まるから――」

慌てて弁解した途端、道路の壁際に引っ張られてふわりと抱きしめられる。広い胸が温かかった。

「すみません。でも……なんか、貴女の泣き顔を誰かに見られるのは嫌で……」

可南子の心臓が大きく跳ねる。なんでこの弱ってる時にそんなパワーワード繰り出すかなあ。女性には決して慣れてない筈なのに。天然？　天然だとしたらちょっとヤバい男じゃない？

鼻をすすって顔を上げる。

「ありがとね、本当に」

必死で笑顔を作ったが、東雲は戸惑う顔になる。そして頬を紅潮させながら言った。

「そんな無防備な顔、しないでください。本当は俺、今、付け込みそうになるの必死に耐えてるんで」

「え？」

ふと気が付いてぎょっとした。可南子のお腹の辺りに彼の固くなりそうなものが当たっている。

「あ、あの、東雲君？」

「あ、えと、違くて！　俺、本当に色々慣れてないから、その、来栖さんの細い肩とか匂いとか、もういっぱいいっぱいで……っ！」

焦った顔に撃ち抜かれた。理性がガラガラと音を立てて崩れていく。どうしよう。可愛い。食べちゃいたい。食べられてしまいたい。

「……ホテル、行く？」

衝動的にそんな言葉が零れた。

「え？」

東雲のギョッとした顔に、つい早口になって言い訳を捲し立てる。

「あの、私もあいつのこと引きずりたくなくて、今夜は一人でいたくない。誰かが上書きしてくれるなら……」

無茶苦茶だ。弟の同僚に。しかもこんなに純情で不器用そうな彼に。なんてことを言ってるんだろう。お願い、断って。

「お、俺でもいいんですか？」

上擦った声に、可南子は無言でうなずく。たぶん、初めて会った時、あのもさもさの前髪の奥にある綺麗な瞳で見つめられた時から、どこか惹かれていた。

こんなの、いいわけがない。こんな純情で純粋そうな人を、自分は身代わりに使おうと言っているのだ。

しかしその一方で悪魔が囁く。

――でも、いくら慣れてなくたって、お互い子供ではないわけだし。

東雲は意を決したように可南子の手を取って握る。

そのまま二人はふらふらと近くにあったホテルの看板を見つけて入っていった。

2. 初めてから始まるもの

部屋に入った途端、抱きしめられて囁かれた。

「あの、俺たぶんそんなに上手くない……ってか、その初めてで……」

正直すぎる告白に、可南子は胸がくすぐったくなり、笑いそうになるのを必死に堪える。今、この状況で笑ったら彼を傷付けてしまう。

「それじゃあ、やっぱり最初はちゃんと好きな人の方がいい？」

初めてがこんな風になりゆき任せの経験では可哀想かもしれない。そう思った。

しかし東雲はがばりと体を離し、可南子の両肩を掴んで言った。

「俺やっぱ来栖さんが好きです！」

直球で言われて顔が熱くなる。さっきよく分からないとか言ってなかったっけ？

「だから、利用されてるのでもいいんです。今、来栖さんが一人でいたくなくて俺を利用したいって言うんならそれでも全然。ただ、……貴女を満足させてあげられなかったらって……」

不安が滲む顔が愛しい。

可南子は東雲の顔にそっと掌を滑らせ、両方の頬を包み込む。

「キス、しよっか」

東雲は可南子に促されるまま、唇を重ねてきた。先ほどと同じ、触れるだけのキスだ。物足りなくなって自分から唇を強く押しつけた。互いに食むように唇を求めあう。やがて息苦しさに開いた唇の隙間から、東雲の舌がするりと入り込んできた。

「ん、ふ……っ」

触れ合った舌が絡められ、欲望のままに求められて脳がずくずくと痺れていく。あまりの気持ち良さに東雲のスーツの胸元をぎゅっと掴んでしまった。その途端に我に返る。

——だめ、皺になっちゃう。

「あ、あの、先にシャワー浴びてきていいかな」

このままだと着ているものごとぐちゃぐちゃになりかねない予感がして、可南子はそっと訊いた。

「あ、……はい」

東雲は頬を紅潮させたまま可南子の体を解放する。

可南子は足早にバスルームに飛び込むと、結い上げていた髪を濡らさないように備え付けのシャワーキャップに押し込み、急ぎシャワーを浴びた。うん、大丈夫。化粧も思ったよりは崩れてない。壁に付いている鏡を覗き込んで顔の状態だけ確認し、東雲がいなくなっていないか不安で、バスローブを着て急いで出てくる。

東雲は上着だけを脱いだワイシャツ姿で、ベッドに座って何かを考え込んでいた。

「東雲君も良かったら――」

シャワーを、と言いかけた時、彼の言葉に遮られた。

「その間に逃げたりしませんか？」

彼も同じことが不安だったのか。そう思うと口元が緩む。

「この格好で？」

備え付けのバスローブの下にはショーツ一枚しか身に着けていない。逃げるつもりなんて毛頭ない。それでも東雲は不安だったのか、「ちゃんと待っててくださいね」と念を押してからバスルームに消えていった。

バスルームのドアの向こうから水が流れる音を聞きながら、可南子はベッドヘッドに避妊具があることを確認する。

東雲は初心者だと言っていた。いざとなったら可南子がイニシアティブを取らなきゃいけないかもしれない。

一応ソレ目的のホテルなので、ベッドヘッドの木製トレイにはパッケージに入った避妊具が三個、きちんと並べて置いてあった。

――うん、大丈夫。

心の準備はできたと思った時、東雲が濡れた体を拭きながらバスルームから出てきた。しかも下半身にだけバスタオルを巻くという格好で。

「よかった。ちゃんといた」

安堵した顔に体が疼く。可愛いなあ、もう本当に食べちゃいたいくらい。

あらわになった東雲の上半身は、痩せ気味ながら思った以上に引き締まった筋肉がついていた。

「意外と筋肉あるね」

不思議に思って聞くと、東雲は「たまにストレッチとか筋トレしてるから……」と恥ずかしそうに答えた。

「そうなんだ」

可南子は目を丸くする。運動なんか興味ないタイプかと思っていた。

「ずっとマシンの前に座りっぱなしだと、腰がやられやすくなるんで。体幹だけは鍛えようと思って。それでも猫背になりがちなんだけど」

——なるほど。

しかし日焼けしていない滑らかな引き締まった肌はとてもセクシーだ。初めて会った時、サイズを測るためとはいえこの体に抱き着くような恰好をして全く平気だった自分が信じられない。

「ごめんなさい。じろじろ見ちゃって……」

彼の体を見ているのが恥ずかしくなって目を伏せると、大股に近付いてきた東雲が可南子の体をそっと抱きしめた。

「来栖さん……」

「可南子、でいいよ。弘輝と混ざりそうで変だし」

「じゃあ俺も律で」

顔を上げ、その響きを確かめるように口の中で「律」と呟くと、東雲の顔が覆い被さってきてキスされた。

「んん……っ」

今度は初めから激しいキスだ。逃げられないように顔をがっちり大きな手でホールドされ、差し込まれた舌に口の中を蹂躙される。必死に舌を絡めて応えるが、口中の唾液を吸い尽くされそうな勢いだった。

「ん、ん……っ」

苦しくなって彼の胸を叩く。東雲はハッとしたように唇を離した。間近で見ると彼の目は潤み、息も荒くなっている。

「すみません、なんか俺、がっついちゃって……」

「ううん。でも立っていられなくなっちゃうから、ベッドに行こ？」

可南子自身もキスに翻弄され、余裕がなくなっている。ともすれば腰から力が抜けて崩れ落ちそうになっていた。

「失礼します！」

東雲はすかさずそう言うと、可南子の背中と膝の裏に腕を入れてふわりと抱き上げる。

「え？　きゃっ」

そしてまるで女王を扱うような恭しさで可南子をベッドに運んだ。

――うわ、なんなのこれ。

獰猛なキスと丁重な扱いのギャップに可南子は混乱する。そもそもお姫様抱っこなんてされたのも初めてだった。

「もっと、キスしていいですか？」

問われて「うん」と素直に答える。

仰向けに横たわる可南子に覆いかぶさるようにして、東雲は唇を重ねてきた。そして渇いた喉を潤そうとするように可南子の舌を求める。

「ん、んん……んっ」

その激しさに意識が飛び、可南子は目を閉じて快楽を追った。東雲のキスは拙いが、その分まっすぐ貪欲さを伝えてくるキスだった。気持ちいい。

何度も顔の角度を変えて互いの口の中を舐め尽くした。

ようやく唇が離れた時には二人ともすっかり息が荒くなっている。

「可南子さん、好きです」

切なげに表情を歪ませて東雲が言った。

「迷惑かもしれないけど……好きです」

もう一度、一語一語噛み締めるように言われ、可南子の胸が熱くなる。こんな風にストレートに誰かに想いを告げられるなんていつぶりだろう。なんの混じりけもない純粋な好意をぶつけられ、肌の感度がぐんぐん上がっていく。彼が欲しい。

なんて答えていいか分からないまま、本能のままに自分のバスローブの胸元をそっとはだけた。

東雲の目が可南子のあらわになった胸の膨らみを凝視する。

「綺麗だ……」

東雲は感極まった声でそう言うと、そっと胸を触り始めた。表面を撫でるようにしながらちらりと上目遣いに可南子を見る。可南子は小さく首を縦に振った。東雲の手に力が入り、可南子の胸を自在に揉み始めた。

「あ、あぁ、……ぁあんっ」

東雲の太い指や掌に触れられるのが気持ち良かった。固く尖った先端に触れるたびに声が漏れてしまう。そんな可南子に煽られたのか、東雲は顔を寄せて胸の先端に吸い付いた。

「あぁああ………っ」

思わず彼の頭を抱きしめ、白い首をのけ反らせて叫ぶ。

東雲は存分に可南子の乳首をしゃぶりながら、もう片方も指で弄り始めた。くりくりと摘まんでは強く押し潰す。その度に可南子の口からはあられもない声が漏れ続けた。

息を乱しながら東雲の方を窺うと、獣のような目でこちらを見ている。

自分の痴態を観察されているようで、恥ずかしさに泣きたくなった。同時に強く求められている感触が可南子をどこまでも酔わせていく。

「こっちも……触っていいですか？」

東雲はそう言いながら乱れていたバスローブの裾を捲った。可南子はやはり声も出せずに目だけで頷く。その時点で初めて東雲は可南子が穿いていたショーツに気付き、一気に引き抜いた。

彼の目の前に可南子の恥部が晒される。

東雲は宣言通り、可南子の陰部に指を滑らせた。

「すげえ濡れてる」

「言わないで……」

掠れた声で言った。恥ずかしい。自分は今おかしくなってしまっている。

「足を開いて、もっと見せて」

ねだられて、可南子はおずおずと膝を少し浮かせながら足を開いた。自ら足を開くなんて、初めてかもしれない。

東雲は可南子の足の間をじっと凝視すると、再び指を滑らせ、紅く濡れた谷間を押し開く。

「ここがヴァギナで……この上に、クリトリス？」

まるで教科書を諳んじるようだ。

「なんでそんなこと知ってるの？」

「昔、興味があって調べましたから」

「異性に興味がないわけではなかったんだ？」

「まあ、それなりには」

それを聞いて少しおかしくなった。興味があったとしても部位を調べるなんて。

東雲はまるで人体の教科書の内容を確かめるように可南子の陰部を観察する。

「女の人のここって、触られるの気持ちいいって本当ですか？」

言いながら肉襞の中に隠れているクリトリスを探し出して指でこね回す。

「あ、や、ダメ、そこ……っ」

可南子が乱れたのを見て納得したらしい。東雲は固く膨らんでいくその芽を根元から指で挟んできゅっと弾いた。

「あんっ！」

強い刺激と官能に可南子の腰がびくびくと跳ねてしまう。

「ここ、舐めてもいいですか？」

興奮した声で東雲が言った。

「え？　そんな……っ」

舐められたことなんてない。指で弄られるのさえこんなに気持ちよかったのに、舐められたらどんな風になるか分からない。

「舐めたい。お願いです」

東雲の懇願する顔に、それ以上嫌とは言えなくなる。

「あまり……激しくしないで」

それだけをようやく絞り出した。

可南子の了承を得て、東雲は足の間に顔を埋めた。生温かい舌が可南子の敏感になったクリトリスを舐めまわす。しゃぶられ、舌でこね回されておかしくなりそうだった。

「あ、や、イっちゃう………っ！」

急激にせりあがってきた快感が可南子を押し上げ、じゅっと強く吸われた途端に一気に高みに昇り詰めた。目尻から涙が零れて止まらなくなる。

泣いている可南子にぎょっとした東雲が「すみません、嫌でしたか！」と慌てて聞いてきた。

可南子は言葉が出ないまま両手を差し伸べると、「ぎゅってして」と子供のように言った。

東雲はおずおずと可南子の体を抱きしめる。可南子は彼の背中に腕を回しながら、息が整うのを待った。そして太腿(ふともも)に当たる固いものに意識をやる。

「東雲く……りつ？」

「は、はい！」

弾けるように東雲が答える。

「これ、付けていい？」

ベッドヘッドに手を伸ばし、避妊具を掴んで可南子は訊いた。東雲の分身は既にぎちぎちに固くなっている。

「あ、自分で……」

「んーん、付けたいの。ダメ？」

可南子がじっと彼を見つめると、東雲はその視線に耐えきれなくなったのか、目を逸らして「わかりました」とぼそりといった。

可南子は乱れた半裸状態で上半身を起こし、同じくベッドの上に膝立ちになった東雲の股間に近付く。東雲の男根は腹に着きそうなほど反り返っていた。

「よしよし、いいこね」

可南子は細い指で立ち上がった肉棒を優しく撫でると、丁寧に避妊具を被せる。東雲は歯を食いしばったような息を漏らしながら何かに耐えていた。

「いいよ。きて」

可南子は再び横たわって彼を誘う。東雲は右手を自分の分身に添えると、左手で可南子の入り口を探った。

「ここですか？」

「もう少し下……」

「……ここ？」

「うん」

短い会話の中で蜜口を確認すると、一気に己を突き立てる。

「んっ…………」

待ち焦がれていた刺激に可南子の全身が粟立った。少し痛みもあったが、それ以上に気持ち良さが勝る。

「すげ、本当に入った――」

東雲の感激する声が更に可南子を悦ばせた。

「律ぅ、キスしてぇ……」

舌っ足らずになってしまった声に、東雲は忠実に応えて唇と舌を交わす。お互いの唾液が絡まり合う音を聞いた後、可南子は「律の好きに動いていいよ」と囁いた。

可南子の言葉を聞いた途端、東雲は繋がったままの腰を抱えて思い切り突き始める。

「可南子さんの中、気持ちいい……っ。あったかくて、ぎゅうぎゅう俺のを締め付けてきて……！」

東雲の感激するような声に、可南子の快楽度も上がっていく。

「あ、私も、いいよ、律、あぁああああ……っ」

何度も内側を擦り上げられ、最奥を強く突かれ、忘我の境地に陥って可南子は激しい嬌声を上げる。東雲の肉塊は熱く潤った蜜洞を絶え間なく往復し、固い先端で子宮を刺激した。その度に脳は蕩け、全身が熱く燃え盛ってしまう。

「可南子さん、ヤバい、俺もう……っ！」

「いいよ、イって——っ」

可南子の腰を強く抱き寄せ、思い切り奥を突いた直後、東雲は避妊具の中に射精した。薄い皮膜越しに、吐き出される彼の精の感触を味わって、可南子は急速に堕ちていった。

意識が飛んだのは数秒だったらしい。自分の中からずるりと抜け出る感覚に目を覚ました。

「りつ、くん……？」

うっすらと目を開けると、彼の顔に影が落ちている。その暗さは天井灯の逆光だけではなかった。彼は可南子に背を向けてベッドの端に腰かけ、小さく「すみません、俺……」と漏らした。

「え？」

何を謝っているのかよく分からない。

「どうしたの？　なにか嫌だった？」

彼も感じていたはずだ。最初から固くなっていたし、可南子を欲しがる情熱は溢(あふ)れ出ていた。

それなのに、なにが彼にそんな暗い顔をさせているんだろう。

「ちゃんと言って。私があなたを傷付けるようなことをした?」

可南子は上半身を起こして、東雲の腕に触れる。

「それともやっぱ嫌だった? その、私の憂さ晴らしに付き合わされたようなもんだし……」

元カレの、とは言い難(にく)くて言葉を濁してしまう。

経緯としてはそうだった。可南子が自分の弱さを期せず曝(さら)け出してしまったことで、互いに離れがたい空気になってしまった。それを後悔しているのだろうか。

「それは! そういう言い方をしたら俺だってあなたが弱ったところに付け込んだようなもんだったし……、そうじゃなくてつまり――」

「つまり?」

可南子は身を乗り出して彼の顔を覗き込む。東雲は世にも情けない顔になった。

「つまり、あの、挿れてから……すぐ終わっちゃって……」

可南子の目がキョトンと丸くなる。

「その、全然可南子さんを満足させられなかったんじゃないかって……」

どんどん小さくなる東雲の声の、言葉の意味が脳内を三周くらいして、やっと合点がいった。

「……ああ!」

確かに言われてみれば挿入から射精までさほど時間がかからなかったかもしれない。しかし可南子とて前戯で散々焦らされたので挿入と同時くらいにイってたし、不満が残るような終わりでは決してなかった。しかし男性側からしたらセンシティブな問題なのは分かる。特に東雲は初めてだったのだし。

東雲はようやく本音を吐き出すと、またがっくりと頭を落としてしまった。そんな彼を放っておくわけにはいかない。そんなことで傷付かないでほしかった。

「東雲君、あのね？」

可南子は丸まった彼の背中にぺたりと抱き着いた。裸の胸が当たったせいか、東雲の体がびくりと跳ねる。

「私は東雲君とするの、すごく嬉しくて気持ち良かったよ？」

正直な感想だった。彼と初めて抱き合い、あまりの気持ちの良さと興奮に、嫌なことなどあっという間に消え去った。東雲に触れてもらうことや求められる嬉しさに体中が満たされたと思う。

「それに……」

これは言ってもいいか迷う。しかし言うことにした。勝率は高いはずだ。

「『好きだ』って言われて、堪(たま)らなくなった」

そっと見上げると、彼の首筋と形のいい耳が真っ赤になっている。心なしか頬も震えているようだ。

「あなたにとっては……その、勢いで言っただけなのかもしれないけど——」

「そんなことないです！」

ガバっと振り返り、東雲は強く否定する。そして可南子の肩を強く掴んだ。

「初めて会った時はぐいぐい来られて少し怖かった。あなたは何のためらいもなく俺の体に抱き着く格好をして」

「あ、それは採寸だったから——」

「慣れてるんだなって思いました。他人に触れることに慣れているなんて、俺からしたら想像つかないスキルで」

いや、あの時は多少なりとも強引にいかないと話が進まないと思っただけで、誰でも彼でも豪胆に抱き着くわけではない。それでも営業職だからコミュニケーション能力は日々磨いている方だろうか。

「でも試着の時に会ったら綺麗な笑顔で褒めてくれて。頭の中がくらくらしました」

それは……この場合何と言えば正解？

「でもお守りにって万年筆貸してくれて、うわ、綺麗なだけじゃなくてかっこいい人だなって」

「それは、ありがと……」

ひたすら手放しで褒められて恥ずかしくなる。可南子からしてみればたいしたことはしていないのに、彼の目には光フィルターでもかかっているようだ。

「それなのに今日は素で笑ってるし、そうかと思うと無防備に泣くし」

「あー、それについては面目ない……」

我ながら失態だったとは思っている。あんなに簡単に泣いてしまうなんて、アルコールも入ってたし箍(たが)が外れやすくなっていたのかもしれない。

「ちがくて！　俺が言いたいのはそんな風に色んな顔を見せられたらもう目が離せなくなるし、むしろずっと見ていたくなるって言うか」

可愛い。必死で本音を伝えようとしている彼がいじらしくて愛しい。

「……私のことが好き？」

ダメ押しに訊いてみる。

「好きです。こんなの初めてで……これが恋愛として正解かどうかはわからないけど。可南子さんが好きです」

改めて言われて胸がほわほわと温かくなる。

「うふふ、光栄です」

彼の前に移動し、向かい合ってへにゃっと笑った。だって嬉しさしかない。

「でも……」

「ん？」

東雲は言い難そうに視線を逸らす。

「可南子さんはさっきの生島ってやつのこと……」

「忘れた！」

可南子の即答に、東雲の目が丸くなる。

「は？」

「自分でもびっくりしてるけど、東雲君の告白でもうぜーんぶ上書きされちゃった。今は目の前の東雲君のことしか見えないよ。現金すぎるって呆れる？」

むしろ自分が呆れてしまうが、嘘偽りない本音だった。今の可南子の頭には東雲のことしかない。生島については見事なまでにデリートされていた。

「え？　本当に……？」

けれど東雲は疑わし気な目で可南子を見つめてくる。もちろん彼からしたらそんなに単純に信じられることではないだろう。でも信じてもらうしかない。

「うーん、元々別れてた相手だしね。裏切られてた期間があったことで、本当に好き合って付き合ってた時期のことまで嘘になった気がして、さっきまで辛かったのは本当だけど……」

可南子は少し恥じらいながら続けた。

「今はそれより東雲君が私と同じくらい気持ち良かったかの方が気になるな」

「え？」

東雲が硬直した。よもやそんなことを聞かれるとは思っていなかったのだろう。

「早いとか遅いとかより大事なことだと思う」

「そ、それは……」

東雲は目に見えて狼狽している。彼はしばらく視線をあちこちに漂わせて声を詰まらせていたが、じっと見つめる可南子に根負けしたのか、諦めたように呟いた。

「よかったに決まってるでしょう……」

「本当に？」

「よかったです。無茶苦茶気持ちよかったです。だからすぐに我慢できなくなったんであって……」

顔を真っ赤にして説明する東雲に、可南子は「よかったぁ」と顔を綻ばせる。

「だからどうしてあなたは！」

東雲が急に大きな声を出すから、可南子はびくっと身を縮こまらせる。

しかしそんな可南子を東雲はぎゅっと抱きしめた。

「そんな可愛い顔をされたら……もうどうしていいか分からないんですけど！」

彼の腕の中に閉じ込められる心地よさにうっとりながら、可南子は一抹の不安を声に出す。

「現金な女だって呆れてない？」

「呆れてはいません。その……まだ俺のことをそんな風に思ってくれてるなんて信じられない気持ちはあるけど」

東雲からしたらそうなのかもしれない。なにせ色んな事が彼にとっては初めてなのだ。

「……すぐ男の人を誘うふしだらな女だとも思わない？」

東雲とは初めて会ってからまだ三回目だ。互いのことをよく知ってるとは言い難い。

可南子としてはこんな風になりゆきでホテルに誘うのは初めてだが、東雲の目にどう映るかは分からない。

東雲はしばらく黙り込んでいたが、やがてぼそりと話し始めた。

「弘輝に聞いたことがあります。あいつが高校生の頃、まあまあモテてたからって調子に乗って女の子とのデートの約束をダブルブッキングした時、お姉さんに凄(すご)い勢いでど突かれたって。鬼より怖かったって弘輝は笑ってましたけど……、そんな倫理観をもつ人が軽薄に俺を誘うとは思えない。それよりは……俺に特別なものを感じてくれたんだって自惚(うぬぼ)れたいです」

うっわー、弘輝のやつ何を話してくれてるのよ！

思いもしなかった過去を知られていて、恥ずかしさに顔を上げられなくなる。けれどそれで東雲が可南子の人間性を信じてくれているのなら、結果オーライだろうか。

「それより……」

東雲がおもむろに切り出す。

「また名字呼びに戻ってるんですけど……」

「あ」

不満そうな声に、可南子は顔を上げた。

「ごめん、つい……」

少し拗ねている顔に、許しを求めるように手を伸ばす。

「律」

名前を呼ぶと、東雲は頬を染めてくすぐったそうな顔になった。

――可愛いなあ、もう！

「律が好き」

その言葉がスイッチとなり唇が重なる。じっくり味わうようなキスになった。舌を絡め、優しく互いの口の中を愛撫しあう。互いの口中に仄かに残っている日本酒の香りに酔った。甘い。

「ん……ん……」

ほんのり頬が上気する頃、唇は解放されて互いに見つめ合った。東雲の顔も色付き、欲望を漂わせている。

「可南子さん、もう一回いい？」

東雲の言葉に、可南子は嬉しそうに微笑んで見せた。

「いいよ。しよう」

ベッドの上にゆっくり押し倒される。あらわになっている首筋に口付けられた。

「ん……っ」

思わず甘い喘(あえ)ぎ声が出る。東雲は嬉しそうな声を上げるとはぐはぐと首筋を食んだ。

「やだ、くすぐったい……」

クスクスと笑い声を上げながら東雲の頭に手を伸ばし、ぐしゃぐしゃと搔(か)き混(ま)ぜる。

「どこが気持ちいいか教えて。さっきので少しは分かったけど、もっと知りたい」

「さっきのって、あれだけでもう？」

驚いて目を丸くすると、そんな可南子を覗き込んで東雲はニヤリと笑った。

「これでも学習能力は高い方なんだ。記憶力もいい。例えば——」

東雲は上にずれて可南子の耳朶(じだ)を甘噛みする。

「ひゃっ」

「ほら、耳、弱いよね」

囁きながら舌で耳の後ろも撫でられた。そうして耳の中にも舌を忍ばせる。

「やんっ」

東雲の呼気が耳の中に広がって、得も言われぬ快感に包まれた。

「あと、ここも」

彼の太い指が首筋をなぞり、鎖骨のくぼみを優しく撫でた。その途端、背筋をゾクゾクするようなエクスタシーが走る。

「胸は……撫でられるのと揉まれるの、どっちが好き？」

「え、えっと……」

湧き上がる快楽に翻弄され、思考が覚束なくなっている。

「揉まれる方、かな……」

正直、そんなこと考えたこともなかった。しかし東雲の手は可南子の要望に従って優しく揉みしだき始める。

「あ、はぁ……ん」

柔らかい乳房を大きな手で揉みしだかれ、可南子の体はまた熱し始める。

「可南子さんの胸、柔らかくて綺麗で……すごくやらしい」

「バ、バカ……っ！」

賛辞されているのだろうが、恥ずかしさが先に立つ。そんな風に褒められたことはなかった。

「だってほら、ここだけこんな風に真っ赤になって固くなってる」

確かに東雲が言う通り、可南子の乳首は真っ赤に染まって固くしこっていた。

「そ、それは律が揉んだから……！」

「気持ち良かったの？」

問われて頬が熱くなった。しかし彼の言うことは当たっていた。東雲に胸を揉まれると気持ち良くてうっとりしてしまう。

「ここ、舐めていい？」

東雲が先端を軽く撫でながら訊いてくる。

聞かれることにじれったさが増した。可南子の胸の先端はとっくに紅く熟れて、もっと強い刺激を欲しがっている。

「舐めて」

ねだるような声になった。東雲は嬉しそうに微笑むと可南子の左胸にむしゃぶりつく。

「あ、あぁあんっ、はあっ！」

突然もたらされた強い刺激に、可南子の視界がチカチカと弾けた。強く吸われ、舌を巻き付けられ、更にコロコロとしゃぶられる。そのどれもがとてつもなく気持ちよかった。

「律、律ぅ……っ！」

泣きそうな声で東雲の名を呼ぶ。東雲は可南子の乳首を咥えたまま上目遣いで窺ってきた。

「こっちも？」

右の乳首を指先で摘まみ、コリコリと弄ってくる。

「こっちも口でしてほしい？」

そう尋ねる表情は野生の獣のように欲望が滾(たぎ)っており、可南子の意識を溶かして本音を引き出した。

「うん……して……」

恥ずかしさを堪えて答えると、東雲は満足そうな笑みを浮かべて右の乳首もしゃぶり始めた。唾液で濡れた左の胸をやはり指先で弄りながら。

「はぁっ、あ、あん、あぁあ、や、それ……っ」

急激にお腹の奥からせり上がった快感が可南子の体を押し上げる。東雲が固く尖った乳首をじゅっと吸った途端、可南子は嬌声を上げて体をびくびくと震わせた。

「はあぁあああぁん……っ！」

そのままハアハアと荒くなった息を必死で整える。胸だけでイくなんて初めてだ。

「可南子さん、可愛い。すっごくエロい……」

感嘆したような声で囁かれ、羞恥でどうにかなりそうだった。

さっきまで彼は童貞だったのではなかったか。少なくとも自分の方が経験値は上だと思っていた。だからこそ彼が気持ちよくなれるように自分がリードしなきゃとまで思っていたのに、たった一回の経験値でここまで豹変(ひょうへん)するなんて。

「あと、この辺も弱くない？」

しかし東雲はそんな可南子の思いに気付くことなく、更に可南子の手を取って指を絡めた。そうして淡いネイルを塗った可南子の指に口付ける。

「ん……っ」

指先を口に含まれ、舌で舐められて再び快感が疼き出す。

「綺麗な指先。白くて細くて……男とは全然違う」

その言い方に少しおかしくなって吹き出した。

「私も、したい」

「え？」

指を絡めていた手を自分の方に引き寄せ、東雲の指先に唇を寄せた。

「んっ」

東雲の声が漏れる。嬉しくなって、指先を口に含んで舌でしゃぶった。ぴちゃぴちゃといやらしい音がする。

「可南子さん、それは……」

「いや？」

「嫌って言うか……視覚的にヤバい」

可南子はとろんとしどけない視線を東雲に向けた。わざと舌を出して彼の指に這わせるのを見せつける。

「だから、ダメだって……っ！」

東雲の声が余裕のないものになり、可南子の手から自分の手を引き抜いた。大事なおもちゃを取り上げられたように、可南子は不満げな顔になった。

「自分だってしたくせに」

「そ、そうだけど……くそっ！」

可南子の太腿に当たっていた東雲の一部が、再び固く勃ち上がっている。可南子は東雲の唾液で濡れた自分の指先を彼の分身に走らせた。

「私に指を舐められて……興奮した？」

東雲は首筋を真っ赤にしながら顔を逸らして答えない。可南子は更に尋ねる。

「私にここを……触られても嫌じゃない？」

膨らんだ竿を指先で撫でると、ビクビクと脈打っているのが分かる。

「嫌じゃ、ないですけど……」

「けど……？」

「……可南子さんの綺麗な手が、俺の、を触ってるって思うと、エロ過ぎてヤバい……」

息を食いしばるような声に、可南子は満足を覚える。

「律、キスして……？」

東雲は逸らしていた顔を可南子に向けると、むしゃぶりつくようなキスをした。

「ん……、ん、ん、んん……っ」

互いの呼吸さえ飲み干しそうなキスだった。可南子は東雲の背中に腕を回してしがみ付く。

「律が、欲しいの……」

そうして愛液を滴らせている陰部を彼の股間に押し付けた。欲しくてたまらなかった。

「まだ、前戯あまりしてない……」

東雲が悔しそうに呟くのを笑顔で受け止める。

「いいよ、また何度でもできるんだから」

可南子の言葉に、東雲はがばりと体を起こすと、焦ったように避妊具を装着する。そして可南子の中心に一気に押し入った。

「あぁあぁああああああ……っ」

脳みそが震えるかと思うほど気持ち良かった。ひとつになることが嬉しい。彼の一部を自分の体で受け止められるのが嬉しい。

「好き、律、大好き……」

「俺も、好きです。可南子さんが好きだ……」

「あ、あぁあ、あぁん……っ」

腰を抱えて持ち上げられ、何度も強く引き付けられる。その度に彼の男根が可南子の子宮を追い詰めた。

「や、イく、イっちゃう……っ！」

無意識に叫ぶと、東雲の動きが更に激しくなる。大きくグラインドを付けて擦られ、奥を突かれて可南子は一気に昇り詰めた。一秒遅れて射精した東雲の体が、可南子の上に落ちてきて、柔らかい体を抱きしめていた。

結局そのまま熟睡してしまい、早朝にホテルを出る羽目になった。休みの前日でつくづくよかったと思う。

「えーと、またね……？」

何となく気恥ずかしくてそんな挨拶になったら、服を着たままぎゅいと抱き締められた。

「絶対。また」

「うん。連絡して。私からも連絡するから」

「はい」

東雲の胸に抱かれて、多幸感に酔う。本当はそのまま彼と過ごしても良かったが、東雲は仕事だった。

「と言っても律は休みなんてあってないようなもんだしねえ」

弘輝から聞いていた。東雲は特に休みをとることなく、放っておけばずっと社長室にこもってマシンに向かっているらしい。結局仕事が好きなんだろう。

「休み、作ります。なんなら可南子さんの予定に合わせて！」

「嬉しいけど……私も不定休だからなあ……」

一応営業部員としての休みはあるが、基本客商売である。カレンダー上の休日はイベント等でつぶれることも多かった。その場合は別の日に代休を取っている。

「くそ！　今日の仕事がなければ……っ」

「こらこら、社長さん、不穏な発言になってるけど？」

可南子は苦笑しながら東雲の頬をそっと両手で包んだ。

「なんなら今晩、うちに来る？　簡単なご飯くらいなら用意してあげられるけど」

「行きます！」

返事が食い気味だったので更に苦笑して念を押す。

「ちゃんと仕事終わらせてからだよ？」

「はい！」

東雲はまるでご褒美のおやつや誉(ほ)め言葉を待つ大型犬のようだった。背後に振り回している尻尾の幻が見える。

正直付き合い初めでこんなに近付くのは少し怖い。気持ちだけが盛り上がりすぎてその分早く冷めてしまったらどうしようという心配もある。可南子は恋愛経験があるが、東雲は何もかもが初めてなのだ。今が過剰反応じゃないとは限らない。少しタイムラグをおいて落ち着く時間が必要な気がする。

それでも――。

可南子も離れ難かった。正直に言えばかなり浮かれていた。こんな浮かれた恋愛をするなんて初めてかもしれない。

物思いに耽(ふけ)る可南子を見て不安になったのか、東雲も自分の手を可南子の頬にそっと当ててきた。

「あの……俺たち、その、恋人になったと思っていいですか……？」

聞かれた途端、可南子の顔に血が上る。

――ヤバい。可愛い。なんて可愛いんだろう。もう大好き。

「もちろん。だから……こんなに格好良くなってこれからどんどんモテるかもしれないけど、他の女の人に誘われてもついていってっちゃダメだからね？」

「ついていきません！　可南子さんが好きです！　可南子さんだけが好きです！」

半分冗談で言った言葉に、大真面目に返されてにやけそうになるのを耐える。そして彼の顔をそっと引き寄せ、ちゅっと軽いキスをした。

「私も、律が好き」

恥ずかしさに悶(もだ)えそうになるのを堪えて至近距離で囁く。

「だから……今日、ちゃんと仕事を終わらせたら、泊まる用意をしてきて」

可南子の甘い誘いに、東雲は再び細い体を強く抱きしめて「はい」と力強く答えたのだった。

東雲律は混乱していた。

一緒に起業した仲間の一人である弘輝に、姉がいるのは知っていた。二十四歳になる弘輝の四つ上だと言っていたから、今二十八歳か。

弘輝はこの業界では珍しく、というより東雲とは正反対のタイプでとにかくコミュニケーションスキルが高い。

誰にでもニコニコ話しかけてくるし、それでいて馴れ馴れしさを感じさせない絶妙の距離感と人懐こさがあった。

正直最初は苦手なタイプだとさえ思っていた。起業の中心となった八柳がいなければ付き合えなかったかもしれない。

そもそも誰かと一緒にいるのが苦手で、一人でＰＣかゲームに向かっていれば気が済む子供だった。両親が早くに離婚し、中学までは寡黙な父親と二人暮らしだったのもあるかもしれない。

一人でいる時間が長く、一人でいることが楽だった。

そんな東雲に、八柳は言った。

『とにかく一緒にやろうぜ。タイプの違う人間が集まれば、それだけ多様性が増える。一人じゃできなかったことができるようになるかもしれないだろ？』

八柳は弘輝と別の意味でコミュニケーション能力が高い。弘輝が誰からも愛される子犬のようなタイプだとすると、八柳は安定感があり周囲に慕われて頼りにされるタイプだ。それ故に人脈も広かった。

自分の将来など何も見えていなかった東雲に、八柳は指針を示し、能力を最大限に引き出してくれる。そして弘輝はそんな東雲に素直に称賛の目を向けてくれた。

友達と呼べる相手がずっといなかった東雲だが、自分が思っていたよりずっと深く『Access』にのめり込む。プログラミングは得意だったし、システムの開発も面白かった。八柳や弘輝と一緒に、開発中のシステムについてあーだこーだと夜を徹して議論したこともある。やがて人手が足りなくなり、八柳の人柄を慕って社員も増え始めた。新しいスタッフが増え、東雲とぶつかりそうになった時、上手くフォローしてくれたのは意外なことに弘輝だった。

『律は誤解されやすいタイプなんだから、ちゃんと思ってることを話せよ。自分の中でそのシステムを作っちまえばいい』

簡単に言うなと思ったが、八柳や弘輝に甘えてばかりはいられない。不器用な律なりに努力し、その実力もあって新規スタッフとの会話の仕方も習得していった。

そして、こんな日々が続くのかと思った矢先の、八柳の退陣だったのだ。

可南子との出会いは強烈だった。

可南子の人となりは弘輝からよく聞いていた。たまに雑談の中で披露されるファミリートークに、可南子はよく登場していた。とにかくおっかない長女として。

弘輝も長男の筈なのだがそんな威厳は全くない。むしろ可南子相手に弱すぎて、弟妹からも「全く弘輝兄は」という扱いらしい。

しかし可南子についてよくよく聞いていると確かに迫力がありそうではあるが、言っていることは筋が通っているし、さっぱりして好ましい女性に感じる。会ったことはないのに、東雲の中で可南子はかなり好人物としてとらえられていた。だから外見を変えるのに、可南子の協力を仰ぐと言った弘輝の案に渋々ながらも従ったのだ。正直に言えば、少しだけ可南子本人も見てみたかった。

しかし唯一の誤算は、可南子があんなに綺麗な女性だと思っていなかったことだ。彼女が『Access』に現れたのを見て、東雲は完全にフリーズした。

きっちり着こなされたスーツ姿に、洗練されたメイク。彼女の周りだけ空気がキラキラ光って見えた。そんなことあるはずがない、これは目の錯覚だと何度も自分に言い聞かせたのに、そのキラキラは未だに消えない。これがいわゆるオーラという奴だろうか。

けれど弘輝や他の人間にはそのキラキラは見えていないらしい。

混乱した。この上なく混乱した。

あまつさえ女性が苦手なのに、あんな垢ぬけた美人とまともに対峙できるはずがない。

そう思っていたのに、彼女は軽々とそんな東雲の萎縮を乗り越え、あっさりと彼を変身させ、それがさも楽しいことだったように笑った。

それから可南子の顔が脳裏から離れなくなった。

『姉ちゃんにお礼として今度奢るんだけど、律も参加しねえ？』

弘輝の誘いに狼狽し、断ろうと思ったが、それ以上に会いたい気持ちが勝る。

そうして――。


――なんであんなことになったんだ？


東雲は自問自答する。分かっている。なりゆきという奴だ。経験がなくても知識がないわけじゃない。世の中の男女が、たまたまのなりゆきやタイミングで深い仲になることがあるくらい、東雲だって知っていた。

しかし知識と経験は別物だ。

初めてのセックスは東雲を狂わせた。

気が狂いそうなほど気持ち良かったし、それ以上に可南子にのめり込んだ。

落ち着かねばと思う。彼女は自分と違って普通の女性で。普通というのはつまり今まで付き合った他の男もいて。その一人を図らずも見てしまったわけだが、雰囲気は悪くない男だった。弘輝に似た感じの、今時の清潔感がある男だった。少なくとも東雲より社会にちゃんと適応していそうな雰囲気があった。

可南子を騙していた時期があったことを考えるとクズと言えないこともないのだが、彼なりの弱さや流される理由があったのだろう。

つまり、可南子が付き合うのはああいうタイプの男なのだ。決してコミュ障で引きこもり気味の自分ではなく。

——諦めろ。あんな素敵な女性が俺を選ぶわけがない。しばらく付き合うことができたとしても、それは一時的なもので、最終的に彼女が自分を選ぶことはないだろう。彼女は自分には勿体なさすぎる女性なのだから。

何度も何度もそう言い聞かせる。

言い聞かせながら逆のベクトルの感情が溢れて止まらなかった。

必死で自分を抑えつけながら、東雲は驚くべき処理速度でその日の仕事をやっつけた。

約束通り、夜に東雲はやってきた。可南子が住むマンションの場所や食べたいものなどは情報交換してある。楽しい夜を想像してドアを開けたら彼はまたもやスーツだった。普段着とスーツしか持ってないのかもしれない。今度、カジュアルな外出着を一緒に買いに行こうと可南子は秘かに決心する。

それはともかく、彼は花束も持ってきた。しかも抱えるほどの深紅の薔薇の花束である。

「うわ、綺麗。ありがとう。でもどうしたの？」

少し面食らって聞いてみる。誕生日でも何でもないし、初めて恋人の部屋に来た記念的なやつ？

「可南子さんの好きな花、弘輝に聞いたんだけどあいつ知らなくて」

「あー、そうかもね」

可南子は苦笑する。

家族の好きな花なんて、しかも男の弘輝と話したことはない気がする。

「それで律が自分で選んでくれたんだ」

「花ってチューリップか朝顔しか知らなくて。でもどれも売ってなくて」

まあ、季節的にそうだろう。

「ほかに分かったのが薔薇だけだったから」

「そっか。すっごく嬉しい。本当にありがとね。とにかく上がって？」

受け取って部屋の中へ招く。さて、こんな大きな花束を生けられるような花瓶があったっけ？

小分けにするしかないかな、こりゃ。でも彼なりに自分を喜ばせようと考えたのかな。そう思うと自然と顔が綻んだ。

先に立ってリビングに向かうと、後ろからふわりと抱きしめられる。

「り、律？」

「ずっと会いたかった」

そう言われても別れたのは今朝だけど。——でも。

「うん、私も」

背中を預けて彼の温もりを楽しんだ。

「離れてるのが辛くて」

「うん」

「頭の中、ずっと可南子さんでいっぱいで。……あ、でもちゃんと仕事はしたけど」

「えらいえらい」

振り返って東雲の頭を撫でる。

「それでも……振り返った時、可南子さんがいてくれたらいいのにって何度も思ったから」

東雲の声が熱を帯びたから、彼の目を覗き込んだ。

「ん？」

「俺と結婚してください」

唐突な申し出に、可南子の思考が三秒止まる。

——え？　えーと？

東雲の目は真剣だった。そう言えば彼が冗談を言っているのを聞いたことがないかもしれない。

でもちょっと待って？　確かに告白はされたしした。あまつさええっちまでしちゃいましたが。でも今日で会って四回目？　五回目？　初めて会ってから十日も経ってないけど。まだお互いのこと知らなすぎるんだけど。ちょおっと早くない？

けれど東雲の真剣な目は揺らがない。まっすぐ可南子に向けられたままだ。そんな東雲に何を言ったらいいか分からず可南子も彼を見つめ続ける。形のいい薄い唇がもう一度動いた。

「俺と、結婚してください」

まさかの爆速プロポーズだった。

◇◇◇

「とりあえずこれを生けちゃうからその間だけ待って」

時間稼ぎにそれだけ言えたのはまあ上等だと可南子は思う。実際は大混乱していた。

——結婚!?　なんで!?　いきなりすぎるでしょ！

っていうか、もしかしてこの花束もその為に用意したんだろうか。

家の中にあるだけの花瓶とそれに代わるものを出し、溜水で水切りした薔薇を手際良く生けていく。結果大小五つの花束ができた。それをダイニングテーブルやリビングのローテーブルに飾り、切り落とした茎を処分する。所要時間十分強。その間、律はリビングの入り口に立ったままずっと待っていた。可南子にはソファに座るのを勧める精神的余裕すらなかったのだ。

作業が終わってしまい、可南子は改めて律と向かい合うと「ソファに座って？」と勧めた。

「何か飲む？　アルコールもあるけど……話をするならコーヒーかお茶の方がいいかな」

できるだけ平静を装ってはいるが、まだ気持ちは混乱したままだ。とりあえず話をしなくては。

「飲み物はいいです。それより可南子さんの返事が聞きたい」

可南子は覚悟を決めて彼と向かい合わせの床にぺたんと座る。けれど喉の奥が詰まって言葉が出てこない。

しばらく二人の間に沈黙が流れた。微妙に気まずい。そんな中、口火を切ったのは東雲の方だった。

「……ごめん」

「え？」

「分かってはいるんだ。こんな急にプロポーズなんて早過ぎておかしいし、可南子さんにとっては重たすぎて引かれてもしょうがないって……」

いくら恋愛経験値が低くても、そこは分かっていたらしい。僅かに安堵した。

「でも……俺はたぶん普通に付き合うとか恋人っぽいことはできない。っていうか、正直何をしたらいいか分からないし」

改めて言われると恋人同士の定番なんてあってないようなものだろう。当然本人たちが望むことによって変わってくる。しいて言えばイチャイチャすること？

「一般的には食事したり映画を見たりデートとかするんだろうけど……俺は外に出るのも苦手だし、外食や映画にもあまり興味ないし……あ、でも可南子さんがそれをしたいって言うなら努力するけど！」

可南子自身は外食も映画を見るのも嫌いではないが、苦手な相手に押し付けるつもりは毛頭ない。

「……続けて」

「仕事も楽しくて昼夜関係なくやってたから、あんまり休みの概念もなくて」

「うん」

「俺が可南子さんとしたいことって、とにかくそばにいて深く知り合いたいなって」

「知り合うって、具体的にはどんな？」

聞き返すと、東雲は少し考える顔になった。

「何が好きで、何が嫌いか、とか。どんなことをしたら喜んでくれて、逆にどんなことに憤るのか。俺のことを好きでい続けてもらうにはどんな努力が必要なのか、とか…」

「精神的な本質の部分ってこと？」

「そうだと思う」

――なるほど。大体わかった。気がするけれど――。

「でもそれで結婚て、一足飛び過ぎない？　籍を入れるって結構大変なことだよ。その前にもっとお互いを知る必要があると思う」

少なくとも一生を共にする約束をするのだ。それぞれの家族にだって影響はある。軽々しくできることではない。

「そうだけど……機を見計らい損ねてあなたを失うようなことはしたくない。それに……俺がこんな風に思える相手とそうそう出会えるとも思えないし」

「そう、かな」

今までの東雲なら出会いは少ないかもしれない。なにしろ見た目に全く構うことのない引きこもりだったのだから。しかし今は違う。外見を整え、会社の社長として前進しようとする姿に、惹かれる女性は多いだろう。

しかし東雲はきっぱりとした態度で言った。

「正直、今まで女性と付き合うことが必要だなんて思ったことなかった。もちろん欲望はあったけど、恋愛とか自分には無縁だと思ってたし。でも……今では可南子さんがいない人生なんて考えられない。自分でもおかしいって思うけど、可南子さんのそばにいたいし失いたくない」

熱い視線を向けられて、恥ずかしさに俯いてしまう。恋愛初心者の東雲にとって、それほど激しい感情を抱くのは確かに初めてなのだろう。けれどそれでもいいと流されそうなほど、可南子も東雲に惹かれてしまっていた。

「可南子さんのことが知りたい。会いたい。ずっと一緒にいたい。まだ出会ってからほんの数回なのにおかしいことを言ってるのは充分分かってる。だけどあなたにそばにいてほしい」

東雲はどこまでも真剣だった。

可南子だって気持ちは同じだ。彼と同じくらい一緒にいたいと思っている。東雲を他の誰にも渡したくはない。一緒にいたいだけでなく——。

「……えっちなことも、したいよね？」

恥を忍んで聞いた。触れ合う嬉しさがなければ結婚なんて無理だ。

すると東雲はポッと顔を赤くしながら「そ、それももちろん」と顔を伏せる。

「よかった」

照れる顔が可愛い。その顔を見るだけでキュンキュンしてしまう。

とは言えいきなり結婚には抵抗がある。

「……でもね、律。こんなことを言うのは何だけど、今はたぶん一番盛り上がっている時期なの。お互いが好きで、そう言いあって、その……えっちもして。でも結婚して一緒に生活するとなるとそうはいかなくなると思う」

「なんで？」

「つまり、お互いの嫌な部分が見えたりとか、思い通りに行かなくて『こんなはずじゃなかった』っていうのが絶対出てくるし」

結婚の経験はないが、恋愛感情に起伏があるのは分かっている。盛り上がっている時が楽しければ楽しいほど、冷めた時の落差は激しい。だからその間を丁寧に埋めたい。「こんなはずじゃなかった」に折り合いを付けながら、それでも好きでいる努力がしたい。それにはどうしたって時間が必要だった。

「でも、可南子さんは見た目が変わる前のあのむさ苦しい俺の姿も知ってて尚、それでも好きになってくれたんでしょ？」

「それは……そうだけど……」

「確かに可南子さんから見たら俺は全然頼りにならないと思う。社長なんて名ばかりでコミュ障なのもばれてるし、ちょっと外見を変えて出資者とうまくいったからって、いつほころびが出るとも限らないし」

「それは……」

不安が全くないと言えば嘘になる。しかしそれは東雲の仕事に関することではなかった。彼自身の自己評価はともかく、対人スキルを除けば優秀な男なのだろうと思うし、寧(むし)ろそちらは弘輝たちとフォローしあってうまくやってくれればと思っている。むしろ可南子が懸念を抱くのは別の部分なのだ。

　可南子が口を開こうとした寸前に、東雲は更に真剣さを増した目で可南子に対峙してきた。

「それでも……可南子さんにそばにいてほしい。自分勝手なのは重々承知だけど可南子さんがそばで見ててくれれば、俺はもっと……あなたに相応(ふさわ)しい男になれると思うんだ」

　そう言い切った途端、東雲の目が微(かす)かな不安で揺れていた。彼は今、ありったけの勇気を振り絞っているんだ。

　なんて不器用で純粋でまっすぐな――。そう思うと可南子の胸が熱くなってしまう。

「でも……だからっていきなり結婚て言うのは……」

　濁流に流されそうになりながら、必死に抵抗を試みる。

「それも考えた。昨日、可南子さん、言ってたろ？　忙しくてすれ違いが多くてあの生島って男とダメになったって」

　忘れていた剥(は)がれかけのかさぶたに触れられてビクリとする。終わったことと思っている筈なのに、まだ生乾きの部分が残っているのだろうか。

「ごめん、聞きたくない話だよな。でも俺もこれから社長業も兼任することでかなり忙しくなる。そんな時に、余計可南子さんとすれ違いを増やすリスクは冒したくない」

「そんな……けど……」

　それはあり得る話だった。仕事が楽しくてのめり込んでいた新人時代よりは、まだ今の方が自分の時間や余裕をコントロールする術を身に付けてはいるが、休みがあってないような営業職である。顧客の都合に合わせてリスケなんて日常茶飯事だった。

律だって新しい仕事が増えて、今後どうなるか分からない。会いたいと思っても会えない日々が続くかもしれないと思うと、突然どうしようもない寂しさに襲われてしまう。

いい加減いい大人なのに、恋に落ちただけでこんなに不安定になっていていいんだろうか。自分はもっと理性的な大人になれたと思っていたのに。

「……正直、俺の知らないところで昨日みたいに傷付いて泣いたりしてほしくない」

「！」

ぼそりと言われた言葉に撃ち抜かれてしまった。

──あー、まったくもう！　なんでこの人はこんなに私のことが好きかなあ！　そしてどうしてこんなに私は彼にメロメロになってるの！

感情的になるのを必死で堪えた。今は冷静にならねば。

「──わかった。少し考えさせて」

「少しって？」

性急になっている東雲の姿に苦笑する。

「あのね、私も律が好き。正直こんなに急に好きになって怖いくらい。でも私にも私の生活や仕事があって、律と結婚することでどんな影響があるか検分したいの。だから……一週間でどうかな」

今、可南子と東雲は細い糸の上で綱渡りをしているようなものだった。少しでもぐらつけばどちらかが落ちるかもしれない。このまま付き合うことはなくなるのかもしれない。

それでも可南子は一人の大人として、東雲の危うい部分を知りながら感情だけに流されるわけにはいかなかった。

「……わかった」

東雲は深いため息とともに答える。

しかしその直後に可南子が予想しなかった、はにかむような笑みを見せて「即行でフラれなくてよかった」と微笑んだ。

◇◇◇

「プロポーズ、お受けします」

可南子が東雲にはっきりとそう答えたのは、きっかり一週間後だった。可南子も延々悩むタイプではない。自分の心を洗い出し、何が気になっているか、その件をクリアするためには何が必要か、イエスノーチャートのように考えて出した結論だった。

待ち合わせたカフェで、向かい合わせに座った東雲の顔がぱあっと明るくなる。

「但し、お試し期間付きで」

けれど続く言葉に怪訝（けげん）そうな顔をする。

「お試し期間？」

「そう。どう考えても、私たちが入籍するにはお互いのことを知らなすぎる。もちろん知られたくないこともあるだろうし、そこまで無理して聞こうとは思わない。だけど好きという感情だけで突っ走れるほど私も向こう見ずではないの。だから間を取って、結婚を前提にしばらく一緒に暮らしてみる、というのはどう？」

東雲は可南子の言葉を十秒間、己の脳の中で検討した。

「しばらくってどれくらい？」

「そうね、一年くらいかな」

それだけ一緒に暮らせばある程度見えてくるものはあるだろう。

「分かった」

こちらも結論が早い。

「そうと決まったら住むところからだけど……もしよければ俺のマンションに来る？　少し前まで八柳さんと同居してたから結構広いよ？」

「そうなんだ？」

二重の意味でびっくりした。東雲が誰かと同居できるなんて思ってもみなかった。何となくだが一人でひっそり暮らしてるイメージだったのだ。

「というか、元々初期メンバーだった弘輝と三人で、俺が住んでいたマンションを会社にしてたんだ。スタッフが増えて手狭になったから今の場所に移したけど。俺も八柳さんも基本仕事人間だったから、一緒にいた方が何かと便利だったし」

「弘輝は？」

「あいつもたまに住んでるけど、結構彼女のところに転がり込んでたから」

「あー……」

分かる。基本寂しがりの女好きだから、同僚との同居より彼女との同棲を選ぶだろう。

「良かったら今から見に来る？」

「いいの？」

「善は急げっていうから」

少し照れた顔にほだされて、可南子はそのまま東雲の部屋へと向かった。

驚いたことに、東雲の部屋は『Access』が入っているビルの上の階だった。つまりは手ごろな値段の普通の住宅用賃貸からオフィス用の部屋に移ったらしい。

「ごめん、掃除は一応してるはずだけど」

案内されながら入ったのは9階の部屋で、普通のファミリータイプだった。

入ってすぐのリビングを元々オフィスにしていたらしく、今は家具もあまりなくがらんとしていた。正面の大きな窓がバルコニーに続いており、見晴らしがいい。

「わ、確かに広い」

「おれはこっちの右奥の部屋を使ってるんだけど、八柳さんが使ってた部屋が空いてるから……」

リビングをはさんで左に二部屋、右側に一部屋あり、右側が東雲の寝室だった。こちらもベッド以外の家具があまりなく、すっきりと整頓されている。あまり物を持たないタイプなのだろう。反対側の八柳が使ってた部屋の方がクローゼットは大きかった。可南子的には助かる。もう一つの部屋は三畳くらいしかなく、物置として使われているらしい。

「どう?」

「うん。私の持ち物を入れる場所も充分だし、交通のアクセスもいいから住まわせてもらおうかな」

「よかった」

「そうと決まったら引越しかぁ。荷造りしなきゃ」

「手伝う」

「社長さんは忙しいでしょ？　お任せパックを使うから大丈夫」

「でも……」

手伝いたいのだろう。物足りなさそうな顔がおかしくなる。

「家電とか……重複してそうなものをどっちを使うか決めないと。それを手伝って」

可南子は東雲の首に両手を回して彼の顔を見上げた。

「分かった。リストを作って検討しよう」

東雲は嬉しそうに微笑むと、可南子の唇にキスをした。

それから一ヶ月後、梅雨も明けた快晴の日に、引越しは恙(つつが)なく終わった。思ったほど手間取らなかったのは、東雲の部屋に余計なものがあまりなかったのもあるし、『Access』の従業員が手伝ってくれたのもある。
「そんな、悪いからいいわよ」と可南子は断ったのだが、「いえ！　うちの社長の一大事ですから！」と牧野という若い男性社員の一人が言えば、弟の弘輝も「仕方ねえなあ」と参加する。なんやかんやと東雲の部屋に会社のものも残っていたので、数人がかりでそれらも運び出してもらった。

「本当に可南子さんと出会ってから律の稼働率は倍加してるんで。これからもうちの社長のことよろしくお願いします！」

そう言ったのは『Access』に初めて来た時にオフィスにいた篠崎だった。

「バッカじゃないの？　そんなこと言ったら却(かえ)ってプレッシャーになって逃げられるでしょ。あくまで来栖さんは社長個人の恋人ってだけなんだから、余計なこと言わないの！」

篠崎に冷静に突っ込んだのは、可南子が初めて会う女性社員である。可南子より若そうだが、化粧っ気はなく地味な印象の女性だった。うなじが見えるショートカットで、薄縁(うすぶち)の眼鏡をかけている。来ているものもグレイのシャツに黒のパンツスーツだった。『Access』は基本服装フリーのようだ。もっとも社長が元々あんな感じなのだから当然かもしれないが。

「平澤(ひらさわ)といいます。『Access』で経理事務をしてます。必要な掃除道具とかあれば会社にも備品があるんで仰(おっしゃ)ってください。あと近所で買い出しできる場所の情報が必要でしたら東雲社長か来栖副社長経由で聞いていただければお伝え出来ます」

「ありがとう。助かります」

可南子がにっこり微笑むと、平澤はぺこりとお辞儀をして『Access』に戻ってしまった。彼女もあまりフレンドリーなタイプではなさそうだ。しかしテキパキとしていて有能そうなところは好ましい。

「しっかし姉ちゃんも思い切ったよな……」

隣にいた弘輝がぼそりと呟いたので、可南子は弟の顔を見た。

「いや、俺は心のどっかでそうなればいいなあと思ってたよ？　二人を見ていたら何となく？　でもこんなに即行だとは思ってなかったからさあ」

「まあ、確かに。今まで住んでたマンションの更新が迫ってたのもあるかな。あそこ、一人で住むには広すぎたし」

生島と一緒に住むと決めた時に入居した部屋だった。別れてから一人暮らしには広すぎるから、引越さねばと思いながら、忙しさに紛れていたら更新時期が目前になってしまっていた。渡りに船と言ってしまうのは調子がよすぎるだろうか。

「にしたって、姉ちゃん、もっと慎重派ってーか手堅い方だったろ？」

可南子は弘輝の疑問を自分に問いかけながら、篠崎たちと会社のものを運び出している東雲の方に目を向けた。大丈夫。悔いはない。

「自分でも随分振り切ってるなあと思うけど、律とならそれもありかなって」

「まあ、うん、姉ちゃんがそれでよければ俺はいいんだけど。あ、でも平澤が言ってたように会社のやつらには余計な詮索やお節介はさせないから」

「ありがと」

珍しい弟の気遣いに、素直にお礼を言う。弘輝もなんだかんだと副社長という立場を続けて、それなりに成長しているのが頼もしかった。

物があまりなかった上に更に片付けてさっぱりした部屋に、引越し業者が可南子の荷物を運びこんで大体の作業は終わった。弘輝や篠崎たちも作業を終えると部屋からいなくなる。

デリバリーで夕食を取り、順番にシャワーを浴びてルームウェアに着替えた。

可南子が持ち込んだ二人用のソファに並んで座り、テレビのニュースを流しながら缶ビールを空ける。

「可南子さんの荷物が入ると、本当に新しい部屋みたいだ」

東雲が面白そうに言った。

「大丈夫？　趣味に合わないものとかない？」

可南子の持ち込んだ食器棚やダイニングテーブルといった家具類は、シンプルでナチュラルテイストのものが多いが、それでも東雲からしたら自分のテリトリーが模様替えされたわけだから少し気になった。

「それは全然。ただ……」

東雲はソファの上で長い脚を組みながら、背もたれにゆったりもたれて可南子を見つめる。

「ん？」

「寝室が別なのはちょっと残念」

「もう！　それは散々話し合ったでしょ？」

朝が早いことが多い可南子と、夜遅くまで仕事をしていることが多い東雲は時間帯が合わないことも多くなる。可南子が先住者である八柳の部屋を使うこともあって、互いの睡眠を邪魔しないように寝室も別だった。もっとも一緒に寝る時は東雲の部屋を使うことになる。身長が高い東雲の方が大きいサイズのベッドを使っているからだ。

「しばらくそれで試して、それでも一緒の寝室がいいってなったら……ベッドをくっつけるか大きなベッドを買い直しましょ？」

「うん……」

前のマンションで使っていたのは、生島と一緒に寝れるダブルベッドだった。生島が出て行った後も、広々と寝られるそのベッドは気に入っていたのだが、さすがにそのベッドを東雲と使うのは違う気がして、他の不要な家電類と一緒に処分してしまった。

今、可南子の部屋にあるのはすのこタイプのシングルベッドである。

「律？」

「でも、今夜は一緒がいい」

ほんのり赤い顔で言われてキュンときた。可南子は隣の律の体にもたれかかる。

「……今日はもう疲れたからベッドに入る？」

まだ九時前だったが、可南子から誘った。

「入るだけ？」

東雲が聞き返した。可南子はその問いに答えず東雲の唇にキスをする。これで通じなければこの場で押し倒してやる。そう思いながら。

東雲は目を閉じて可南子の唇をゆっくり味わうと、「俺の部屋に行こ」と可南子の手を取って立ち上がった。

さして広くない東雲の部屋の、大部分を占めている大きなベッドに可南子は横たわる。そして東雲も可南子の上に覆いかぶさるように横たわった。そうして軽いキスを繰り返す。

東雲と出会ってから彼の部屋に引越すまでの一ヶ月の間、引越しの手伝いや話し合いと称して、東雲は可南子の部屋に何度か泊まりに来ていた。その間にも東雲のセックススキルはどんどん上がった。

東雲は自分の行為に対する可南子の反応を冷静に観察し、分析し、確実に弱い部分を見つけだしてせめてくる。いつの間にか最初の頃のたどたどしさが消え、よもやそれまで未経験だったというのが嘘みたいに可南子の体を次々と攻略し続けた。もっともあの手慣れない感じのたどたどしさも、可南子は決して嫌いではなかったのだが。

甘いキスを繰り返し、体のあちこちに唇を這わせ、舌で舐めて愛撫する。ゆったりした動きに、可南子の体は少しずつ溶け、ほんのりと体温が上昇していく。

折々に目を覗き込まれ、表情を窺われているのを知ると、恥ずかしさと嬉しさでいっぱいになってしまう。

「今日は疲れてるだろうから、全部俺に任せて」

色っぽい笑みを浮かべて東雲が言った。

「だって、疲れてるのは律も一緒なのに……んっ」

首筋を舐められてゾクゾクする。

「いいんだ。したいんだ。生まれたての赤ん坊みたいに可南子さんを甘やかしてみたい」

そう囁きながら耳朶を食んで、耳孔に舌を入れられた。

「や、くすぐったい……っ」

「可南子さんの気持ちがいい場所に集中して——」

耳元で甘い言葉を囁きながら、東雲は可南子が着ていたルームウェアのシャツの裾から大きな手を忍ばせる。シャツの中でナイトブラがずり上げられ、大きな手が可南子の胸を包み込んだ。

顔のあちこちにキスを落としながら、両手で胸をやわやわと愛撫する。

「気持ちいい？」

分かり切ったことを聞かれ、恥ずかしさに躊躇(ちゅうちょ)していると、もう一度重ねて訊かれた。

「よくない？　やめたほうがいい？」

「や、やめないで……っ」

意地悪な問いに、つい素直に答えてしまう。

「ん、良かった……」

東雲は安心したような声を出すと、そのまま人差し指と親指で先端を捏ね始めた。

「ん、ん……っ」

弄られる乳首からじんわりと快感が生まれていく。

「すごく敏感になってるね。ほら、固く尖ってるの、分かる？」

「うん……」

東雲の言う通り、可南子の胸は東雲の愛撫に反応し、痛いほど尖っていた。

「きっと真っ赤になっていて可愛いんだろうな。ねえ、食べてもいい？」

東雲の声は麻薬のように可南子の思考を溶かしてしまう。

「いいよ、食べて――」

可南子が許可を与えると、東雲はシャツと下着を可南子の顎の下まで一気に引き上げた。

ふるん、と柔らかい双丘が東雲の目の前に晒される。東雲は既に何度も見ている筈なのに、まるで初めて見たような感激の表情を浮かべると、そっと顔を近づけて可南子の紅く染まった固い乳首をしゃぶり始めた。

「あ、あぁ、ぁん……あぁあぁああ…………っ」

指とは違う強烈な刺激に、可南子の嬌声が止まらなくなった。

「律、律ぅ……っ！」

舌っ足らずな声で東雲の名前を呼ぶ。

「気持ちいい？　可南子さん、すごく乱れてる——」

「気持ちいい……こんなの、すぐイっちゃう……っ」

「いいよ、イっちゃって」

東雲は嬉しそうな声を上げると、可南子の乳首を強く吸い上げながらもう片方の乳首を指で押し潰した。

「ひゃん……っ！」

一気に高まり、背中が浮いて腰の辺りが跳ねる。

「……イっちゃった？」

東雲に目尻の涙を拭われながら訊かれ、可南子は小さく頷いてしまう。引越しが終わって二人きりになってから、ずっとこの時を待っていたのかもしれない。いやらしい自分が恥ずかしい。

「可愛い。感じてる可南子さん、最高に綺麗。大好き」

蠱惑的な低い声で言われて、両手を伸ばし彼の背中に手を回して抱擁をねだる。東雲は心得ていて可南子の体をぎゅっと抱きしめると、舌を絡め合う濃厚なキスをした。

裸の胸が彼の胸に押しつぶされ、しばらく舌と唾液が絡み合うぴちゃぴちゃといやらしい水音が続く。

「——どうする？　疲れてるなら今日はここまでにしておく？」

東雲の声に、可南子は不満げな顔になった。

「バカ、律の意地悪」

「だって可南子さん、明日も仕事で早いんでしょ？」

「そうだけど……」

東雲の目が妖しく光った。いつの間にこんな扇情的な表情ができるようになったんだろう。

「もっとしたい？」

「うん」

これで終わりにされたら生殺しもいいところである。

東雲は今度は子供のような無邪気な笑顔で「じゃあ、するね」と囁いた。

下に穿いていたルームウェアのズボンを脱がされる。その下に黒いレースのショーツが現れる。クロッチ部分が小さく、透けて見えるタイプのショーツだった。

東雲は興奮した目でそこを凝視した。

「こんなの持ってたんだ」

「さっき……シャワーを浴びた後、今夜はするかなって思って……」

「俺の為に？」

「だって……一緒に暮らす初めての夜だし……」

恥ずかしさに口籠りながら答える。

「すごく嬉しい」

東雲は本当に嬉しそうに囁いた。

「しかもこれ……、ここが開く？」

問われて頬を染めながら頷いた。ちょうどクロッチ部分の真ん中に小さなリボンがあり、そこを解くと可南子の大事な部分が丸見えになる仕様だ。

「はしたない女だって引かない？」

恐る恐る聞くと、東雲は大きく首を横に振った。

「すごく嬉しい。ねえ、ここ開けていい？」

「うん」

可南子の許可を取って、東雲はそっと小さなリボンを解く。開いた場所からは、可南子のいやらしい陰部が丸見えになっているはずだ。

「ヤバい、すっごくエロい……」

東雲は感嘆の声を上げると、開いた部分に顔を近づけて舌を這わせ始めた。

「あ、律、あぁあん……っ！」

表面を舐められているだけなのに、可南子の秘部の奥からはどんどん蜜が溢れ出してきてしまう。

「ねえ、ここもうこんなにトロトロになってる。しかも真っ赤に熟れてててすごくおいしい」

東雲は両腕で可南子の太腿を抱え込むと、今度は舌を尖らせて蜜に濡れた花弁の間を激しく舐め始めた。

「あんっ、はあ、ぁあんっ、そんなに深く舐めたら、あ、律ぅ……っ」

あまりの気持ち良さに可南子の体が蕩けだす。

「可愛い、可南子さんのここ、めちゃめちゃエロくて可愛い……」

甘く囁きながら、今度は尖らせた舌が上部の包皮に隠れた小さな淫粒を探り出す。

「ほら、まだ恥ずかしがって隠れてたけど、ここもこんなに膨らんで固くなってるよ。分かる？」

東雲の唇が可南子の固くなったクリトリスをきゅっと吸った。

「はぁあん……っ！」

あまりの気持ち良さに可南子の腰がびくびくと跳ねてしまう。

「イっちゃったね。可南子さん、可愛い」

東雲は身を起こしながら更に可南子の足を大きく広げた。

「ほら、ここもこんなにびしょびしょになって内側がピクピクしてる」

言いながら東雲の指が蜜口に差し込まれた。

「あ――ん」

差し込まれた指が蜜洞をぐちゃぐちゃと掻き混ぜ、溢れる蜜がいやらしい水音を立てる。

「分かる？　可南子さんのナカ、俺の指をすっごい締め付けてきてる」

「あ、だって、そんな風にされたら……おかしくなっちゃう」

「気持ちいい？」

更に指を増やし、激しく動かしながら東雲は訊いてきた。

「いい、イイよ……気持ちいいの……」

「またイっちゃいそう？」

「……ん」

恥ずかしさに堪えながら可南子は頷いた。

「じゃあ、もう一回イって――」

「あぁあああぁあぁああん……っ！」

腹側のある一点を集中的に擦りながら突かれ、可南子は浮いていた爪先を逸らして体をびくびくと跳ねさせた。ここも東雲が探り出した可南子の弱い部分だ。

頭の中が真っ白になり、意識が飛びそうになる。息が荒くなって呼吸が上手くできなかった。

そんな可南子に覆いかぶさり、東雲は額に優しいキスを落とす。可南子は力の入らない腕を無理やり持ち上げて、東雲の首に巻き付けた。

そのまま舌を絡めるキスを繰り返す。

「律、律……」

「可南子さん、好きだよ、好きだ——」

「うん、私も——」

「ねえ、今度は俺のコレ、挿れていい？」

「挿れて、りつの、ほし………」

いやらしいキスを繰り返しながら太腿にあたる律の分身に手を伸ばした。ソレはとっくに固く勃ち上がっている。

「ちょっとだけ待って……」

東雲は抗うように体を剥がすと、自分が着ているものを全部脱いで、秒速で避妊具を取り付けた。そうして可南子の大きく開いた足の間に膝立ちになると、先端を蜜口にあてがい一気に己を突き立てた。

「あぁあん……っ!!」

「可南子さん、可南子さん……っ」

叫ぶように可南子の名を呼びながら、激しく腰を前後に振り始める。

「律、律、ダメ、も……イく、イっちゃう……！」

「イって、可南子さん、イって——っ」

東雲は動きを加速し、更に可南子の最奥を攻め立てた。せりあがる官能に可南子の蜜洞は東雲の男根を強く締め上げる。

「そんなに締め付けられたら俺も……っ」

東雲が歯を食いしばった声を上げて可南子の中で射精した。同時に可南子も強く達してしまう。息を荒げながら落ちてくる東雲の体を、可南子は強く抱き締めていた。

東雲との同棲生活はそれなりに順調だった。互いに仕事が忙しいので、一日の中でも一緒にいられるのは僅かな時間ではあったが、その分マメに連絡を取り合えるようスケジュールアプリを共有した。
意外、と言っては失礼かもしれないが、東雲は家事ができた。幼い頃に両親が離婚し、父親と二人暮らしだったので必然的にやらざるを得なかったらしい。些細（ささい）なやり方の違いで衝突することもあったが、都度話し合い、妥協点を見つけ、尊重し合う。
可南子にとって東雲の長所は、とにかく話し合うことを嫌がらない点だと思う。生島やその前に付き合った男たちは、話し合いを面倒くさがる者が多かった。可南子も相手が嫌がるのが透けて見えると、まあいいかとなあなあに過ごす部分があった。しかし東雲はその件に関しては嫌な顔を決してしない。そして真面目に考えて解決方法を模索してくれた。
変な話だと思うが、可南子は東雲と暮らして、初めて人生のパートナーとして自分が尊重される心地よさを味わった。今までは可南子の長女気質が災いして、つい相手に甘えられがちだったのかもしれない。

東雲は可南子より二つ年下で恋愛経験こそ少ないが、それでも大事にされている抱擁感があった。素直に嬉しい。

そして結局、可能な限り夜は同じベッドで眠った。

ベッドに入る時間がずれて隣で眠るだけの日もあったが、それでも目があえば触れ合いたくなる。東雲はとにかく可南子を甘やかすのが楽しいらしく、体中を愛撫してはさんざん焦らし、どこまでも官能を高め、切ないほど疼かせてから高みに追い上げた。東雲の与える快楽を知り尽くした可南子の体は、既に触れられるだけで期待に震え、啼(な)きながら抗えなくなってしまう。

暮らし始めた頃こそしっかり現実を見極めねばと心に決めていた可南子だが、東雲と暮らす日々に身も心も溺れきってしまうのに、そう時間はかからなかった。

3. モヤモヤの正体

「クローゼット？　グレイのストライプのだよね……うん、わかった。持ってく」

通話を切って、可南子は律のクローゼットの中にあったグレイのスーツを丁寧に折りたたんで紙袋に入れた。既に出社している律に、珍しく届け物を頼まれたのだ。ちょうど出勤するところだったし、律のオフィスは数階下に下りるだけなので大した手間ではない。

今日は午後から他社との打ち合わせがあるからスーツを着ていったのだが、うっかりコーヒーを零してしまったらしい。

「失礼します。律……東雲にこれを……」

『Access』のオフィスドアを開けると経理事務の平澤が出てきた。今日もホワイトシャツにベージュのパンツ姿でやはり化粧っ気はない。

「すみません、社長は今電話中で……」

「いえ、これだけ渡してもらえれば。あ、あと汚れたスーツがあれば行きがけにクリーニングに出しちゃうので預かりますが」

「それでしたらこれです。ここの袖口で、一応軽く染み抜きはしてみたんですが」

「わ、ありがとうございます。助かります」

可南子がにっこり笑うと、平澤はなぜか微妙な表情になった。

「平澤さん？」

「あ、いえ。本当にこんな綺麗な方があの東雲社長の恋人になるなんて今でも信じられなくて……すみません」

平澤はどこか冷めた笑みを浮かべる。

「もっともご本人もみるみる変わりましたし、今までしたがらなかった事務や営業仕事も精力的にこなすようになったから本当に来栖さんのお陰様々なんですけど」

口元は笑っていても目は笑っていない平澤に、可南子はふと思いついたことを尋ねる。

「外見が変わった律にまだ慣れない？」

核心を突かれたのか、平澤の頬がさっと紅潮し、視線を斜め下に向けた。

「いえ、それは……、そうですね、ちょっとまだ、別人みたいに感じることは……あるかも」

言い難そうにしている辺り、平澤にとっては歓迎より戸惑うことの方が多いのだろう。

「わかる。私も最初に髪や髭を整えてスーツ試着させた時『誰？』ってなったもの」

図星を指されて恥ずかしくなったのか、平澤は顔を赤くしたまま小さな声で「すみません」と囁いた。

「謝ることはないわ。でも律のポテンシャルが高かったのは本当だと思うし、彼の変化がよい方向に向かっているのなら……もうしばらく見守ってあげて」

女性にしては背が高い平澤の顔が更に項垂れる。彼女は表情を見せないまま、やはり小声で「はい」と答えた。

◇◇◇

自分の仕事をこなしながら、ふと平澤との会話が脳内にリフレインする。以前、たまたま弘輝に聞いた話によると、平澤は黙々と事務仕事をこなすタイプで、あまり明るい性格ではないらしい。しかし弘輝曰く『そこが良かったんだよな。正直うちの連中、律を筆頭にあんまり女性に慣れてないやつばっかだったから、いかにも女ーってタイプだと緊張するっていうか……、女を感じさせないタイプの方が皆楽っていうか』。

確かに可南子が律と初めて会った時、律のコミュ障具合はかなりひどかったし、他の男性社員もフレンドリーとは言い難い感じだった。可南子が律と一緒に住むと知ってから明るく接してくれてはいるが、それでもどこか緊張感漂う感じがないでもない。

ふと昔、弘輝が在学していて無理やり誘われて行った、男子校の学園祭を思い出す。可南子自身は決して特別美少女というわけでもなくあくまで標準的な女子だったと思うのだが、同行してもらった友人共々、女子が来たというだけで見世物パンダのように遠巻きに注目されていた。『Access』の社員たちの反応は、多かれ少なかれあの時に近い。そんな彼らにとっては確かに平澤のようなタイプは楽なのかもしれない。

とはいえ、平澤自身は今の律に戸惑いが強いようだ。まあヒグマがイケメンにレベルチェンジしたら当然？　弘輝が言うには、他の男性社員は間もなく慣れたらしいが。

平澤からしてみれば、今の律は男子校に突如現れた美少女みたいなものなのかもしれない。自分とは異質な存在。無視して気にしなければいいと思いつつ、つい見てしまうビジュアルの持ち主。可南子が気にすることではない。平澤は『Access』の社員で、あくまで律の領分だ。余計な口出しは無用だろう。しかしそれでも喉に刺さった魚の小骨のように引っかかるものがある。

（――あ、あれだ）

ようやく思い付く。

桃花がバイトしていた店舗に可南子と生島が市場調査で出向いた時、二人の様子に感じた違和感。元々可南子と桃花は面識があったのだが、素直で明るい桃花を生島に紹介した際、なにか小さな小石が胸につかえる気がした。

気のせいと自分を戒めた数か月後、生島は別れを切り出したのだ。桃花のことなど一言も触れず、単純に可南子と生島の間に距離があるから解消したいと言い出して。

今更過去に囚(とら)われる気はない。生島に対して情熱が薄れていたのは本当だったし、事実が言い出せなくて逃げた彼の弱さも、この期に及んでどうこう言う気はない。

それでも……平澤が律を好きになったら嫌だなと思う自分にうんざりした。

生島と律は違うというのは分かっている。律が自分を裏切ることはないだろう。それでもいつか、万が一自分以外の人を好きになったとしたら、律ならはっきりそう告げるだろう。

（ヒグマのままにしておけばよかったのかな）

そんな自分勝手な感情が、可南子の神経を逆撫(さかな)でした。恋愛が絡めば人はどこまでも勝手になれる。そう頭で分かってはいても、自分の中の醜い独占欲や嫉妬と向き合うのは楽しくなかった。

そしてそこまで律に溺れている自分にも驚いている。

「考えすぎ」

声に出して自分を戒める。まだ何かが起きたわけではない。過去に囚われて現在(いま)を損なうなんて愚の骨頂だ。

それよりも今の二人の時間を大切にしよう。可南子にできることはそれだけなのだから。

その日、仕事から帰宅する前に『Access』に立ち寄ろうと思ったのは、打ち合わせの予定が先方の都合で流れ、午後休が取れたからだった。ここのところ次のシーズン展開が佳境でまともに

休みが取れていなかった。「休める時は休んどけ」と上司に追い出されたのだ。

　更に今日が土曜日で他のスタッフがいないと知っていた。けれど今朝、律は集中したい案件があるから出社すると言っていた。さすがに他のスタッフがいる時は寄りにくいが、東雲一人ならば行きやすい。ちょうどお昼時でもある。昼食がまだなら配達サービスで何かとってもいいし、まだ仕事があるから無理と言われたらそのまま部屋に帰ればいい。最近まともに会話をする余裕もなかったから単純に律の顔が見たかった。

　前以て連絡することはしなかったのはちょっとした寄り道だけのつもりだったからだ。

　エレベーターを五階で降りると、いざという時用に聞いていた暗証番号でドアを開ける。突然顔を見せて東雲を驚かせようという他愛のないいたずら心である。案の定、開けてすぐのオフィスは無人で電気も点いていない。奥にある社長室に向かって足音を忍ばせた。しかし目的の部屋のドアが薄く開き話し声が聞こえて足を止める。

　——ヤバ、誰かいたのか。

　オフィスが暗いなら来客ということはないだろうから、恐らくスタッフの誰かだろう。子供染みたことを画策した自分が急に恥ずかしくなり、そおっとUターンして帰ろうとした時、女性の声が耳に飛び込んできた。

「ずっと……社長が好きでした」

　平澤の声だ。しかもかなり思いつめたような。嫌な予感が的中したことに、可南子は頭を抱えたくなる。ここはいなかった振りをして帰るのが正解だろうか。けれど律がどう答えるか気になってしまい気配を殺す。

「迷惑だ」

切って捨てるような声に顔を思わず顔を顰めてしまった。

——律ったらストレートすぎ！　いや、正しいんだけど！

「そう、ですよね。すみません。今の社長に私なんて不釣り合いすぎるし」

「そういう意味じゃない。俺に大事な人がいると知っていて告白する気持ちが分からない」

——あー、これ本当に分からないんだろうな。何せ恋愛ビギナーだし。でもこの言い方は鋭利に胸に刺さりそう。

「別に心変わりしてほしいなんて思ってません！　ただ……伝えておきたかっただけで」

案の定、平澤の声が細いものになる。

「それは好きな相手の気持ちを無視する行為じゃないのか？」

「それは……」

——うん、そうなんだけど。でも溢れて言わずにいられない想いもあったりするんだよね。

あまりの容赦のない東雲の物言いに、なぜか平澤を擁護したくなってしまう。いや、東雲を渡すつもりは毛頭ないし、可南子の立場でそれを思うのは傲慢だと分かってはいるのだけど。

「正直外見が変わってから周囲の見る目が変わっているのは痛いほど感じている。それでもこの会社の人間だけは変わらないと思っていたんだが……」

東雲の失望したような口調は変わらなかった。可南子に見せる優しさの欠片もない。

「平澤の仕事には満足している。君は真面目だし仕事も堅実だ。しかしこのような公私混同をするようでは君をこのまま『Access』に置くわけには……」

「律、違う！」

思わず叫んで社長室に入り込んでしまった。目の前には驚いた顔の東雲と、泣きそうになっている平澤がぎょっとして可南子を見つめている。

——あ。やば。

二人に見つめられて我に返るが、もう後には引けなかった。

「ごめんなさい。他に誰かいると思わなくて、律の顔だけ見るつもりで寄ったの。あなたたちの話を聞くつもりはなかったんだけど……」

可南子は一旦深々と謝ってから、東雲をキッと睨みつけた。けれどそのまま平澤の方を向き直り、彼女の腕を取ると「行こう！」と彼女を連れ出す。

「え？」

泣きそうだった平澤は何が起こったか分からず、可南子に引きずられて一緒に外に出てしまっていた。

「ちょ、ちょっと、来栖さん、待って！　何を……！」

「とりあえず飲みに行こ！」

「は？」

「奢るから！」

「そういうことじゃなくて！」

平澤は可南子にいきなり無理やり連れ出されていたので、荷物も何も持っていない。ビルの外に出た途端、可南子の腕を振り払って勝気な顔で後じさる。

「あの、あなたと一緒にいる理由はありませんから！」

睨みつけてくる平澤を見て、可南子は大きく深呼吸した。彼女の言う通りだ。そもそも可南子に一番聞かれたくない場面だっただろう。

「ごめんなさい。確かにその通りよね。でもお願い、少しだけ付き合って。お願いします」

深々と頭を下げる可南子に、平澤は余計不機嫌な顔になる。

「お断りします。大体分かってるんですか？　わたし、あなたの恋人に告白してたんですよ？それとも牽制して釘を刺したいの？」

可南子は改めて平澤をまっすぐ見つめた。彼女は正しい。間違っているのは可南子自身だ。

それでも、このまま何もなかったように彼女を離すわけにはいかなかった。

「うん、今はまあそれでもいいや。強制連行させて。行きましょ」

それだけ言うと、可南子は目についたタクシーを呼び止め、無理やり平澤を押し込んだ。

「遠慮なく、何でも好きなものを頼んで」

そう言ってメニュー表を渡す。連れてきたのはホテルの高層階にあるレストランだった。たまに仕事上の会食で使う店で、眼下に広がる風景が美しい。週末とあって混んでいるかとも思ったが、タクシーの中で連絡したら無事に席が残っていた。

「本当に来栖さんの奢り？」

「ええ、もちろん」

平澤はいいかげん開き直ったのか「じゃあ、遠慮なく」と高いコースを選んでいく。

「平澤さん、ワイン平気？」

「え？　ええ、まあ……」

「じゃあ、こちらのコースを二つとワインをボトルで」

可南子はウェイターに注文を伝えると、窓の外に目をやった。今日は土曜日で、休日を楽しんでいる人々も多くて、空は快晴ですべて世は事もなし。……でもないか。

「これが……来栖さんの牽制？」

ワイングラスに注がれたワインに口を付けながら、平澤が切り出す。可南子はキョトンと目を丸くした。

「なんでそう思うの？」

「だって、こんな高級な店、一介の事務員にはそうそう来れる場所じゃないもの。あなたはそれだけの稼ぎがあって、こんな場所に場慣れするほど世間知（せけんち）もあって、社長という立場の東雲さんには充分釣り合いが取れているってことでしょ？」

　敵意を隠そうとしない平澤に、可南子は口元を緩ませる。

「そっか。そういうふうにもとれるのよね」

　可南子の笑みに、平澤は更に眦を釣り上げた。

「もしかしてバカにしてます？」

「いいえ。してない」

　それだけはきっぱりと否定する。

「この店にしたのは平澤さんが逃げにくそうだと思ったのと、単に高い所が好きなの。だからこの風景を見ると落ち着くのよ」

　様々な商業ビルが雑多に立ち並び、少し遠くにテーマパークがあって観覧車がゆったり回っている。野球場やコンサートホールがあり、間を流れる川には小さな遊覧船が揺れていた。そしてそれらすべてを上回る面積の空がある。

　夏らしい鮮やかな空のあちこちに、鮮明な輪郭の積雲が散っていた。店内は空調で涼しいが、外はとんでもない日差しと暑さだろう。

「それで？」

しかし平澤の声は固いままだった。当然だろうと可南子は思う。今のシチュエーションで落ち着いていられる女性はあまりいまい。

可南子は運ばれてきた前菜のサラダをつつきながら、平澤を見返した。

「あのね、彼の……律の恋人としての態度は正解だったと思う。相手に一切の期待を持たせない言い方は。でも――」

「でも？」

「会社を統括する経営者としては最低」

それだけいって、フォークに刺したエンダイブを口に入れる。独特の苦みとドレッシングの甘みが調和して、可南子の心情を表しているようだった。

「それは……」

平澤の声が戸惑うものになる。可南子は窓の外の風景に目を向け、淡々と言葉を継いだ。

「社内恋愛とか……面倒くさいわよね。両思いでも下手したらあちこちに気を使わなきゃいけないし、片思いならなおさら。うまくいかなかったら進退問題まで浮かんできちゃう。平澤さんみたいに賢そうな人がそれに気付いてないわけないと思う」

生島と付き合っている時も面倒ごとはあった。無責任な噂や気遣いに振り回されたくなかった。

それでも一緒に暮らしていたから、人事の関係者や仲のいい一部の友人は知っていたわけだが、そのせいかどうかは分からないが、結局生島は会社を辞めてしまった。可南子と顔を合わせづらいのもあっただろうし、エルムから与えられた仕事に見切りをつけていたのもあるかもしれない。その辺は別れた後のことだから、詳しく聞く機会はなかったし、聞こうとも思わなかった。

平澤は図星を指されたらしく、怒ったようにサラダを勢いよく食べ始めた。

可南子は今自分が何を言っても、彼女からしたら欺瞞に感じるんだろうなと思う。それでもできるだけ正確に、正直な気持ちを伝えたかった。

「大人として、社会人として、どう振舞うべきか常に問われているような場所で、それでも伝えてしまいたいほどの想いが、平澤さんにあったのよね？」

平澤はさっと顔を赤くすると、そのまま俯いてしまう。肯定も否定もしなかった。

「言っておくけど、律はあげない。私にとっても大事な人なの」

可南子の率直すぎる言葉に、平澤はキッと怒りをあらわにする。

「それならなんで……！」

「平澤さん、『Access』を辞めたい？」

「それは……！」

言葉の続きを静かに待った。平澤の本心を聞きたかった。平澤は暫し黙り込む。

やがて思い切ったように口を開いた。

「やめたくは、ないです。正直お給料もいいし、人間関係もうざいことがなくて楽だし……」

更に届いたラグーソースのパスタを、可南子はフォークに巻き付ける。

「でも、社長がもう私が目障りだって言うなら……それはしょうがないです……」

「そこよ！」

「え？」

急に叫んだ可南子に、平澤は目を丸くする。

「あのね、仕事ができるスタッフって本当に得難く大事なの！　もちろん一から育てて優秀になる人もいるでしょうけど、個人経営ならともかく、職場の人間関係が安定してるってとっても貴重なことなんだから！」

一気にまくしたて、可南子は一旦一呼吸入れる。

「平澤さんは『Access』で働くの、嫌じゃないのよね？」

「え？　ええ、まあ。とにかく人間関係は楽かな。経理意識に関しては甘い人も多いけど、言いたいことは言えるし、困ったことがあれば副社長が相談に乗ってくれて、社長が適宜指示してくれるし……。全体に若いスタッフが多いからか、皆フランクというか……男性ばっかりのせいか下手にベタベタしてないのも楽ですね」

「弘輝も言ってた。平澤さん、甘えたり変に女っぽい所がないから助かってるって」

可南子の言葉に、平澤は皮肉な笑みを浮かべる。

「ああ、まあ。私、こんなですしね」

「こんなって？」

「来栖さんみたいに女性的な魅力は薄いというか……。正直前の会社では浮いてたんです。女同士の付き合いが面倒くさいところで。しかも変な派閥争いに巻き込まれて辞めざるを得なくて。でも何とか求人で『Access』の募集見つけて面接で受かって……『Access』は前の社長の八柳さんもいい人だったし、東雲さんは最初怖かったけど、仕事の話はちゃんと聞いてくれて、見た目より懐が広いというか……、来栖副社長はちょっとチャラいけど、でも……」

「弘輝がどうかした？」

そこで平澤は口ごもる。話していいかどうか迷っているようだったが、しばらく沈黙した後に話し出した。

「来栖さんが言ったんです。『うちの要は律だけど、あいつコミュ障で特に女性が苦手だから、平澤さんみたいにさっぱりしたタイプだと助かる。もちろん仕事ができるのもありがたいけど』って」

そうして平澤も窓の外の風景に目をやると、最後の一言を絞り出した。

「その時、ああ、私はここにいていいんだなって思って」

照れたような、泣きそうな表情が、それが平澤の本心だと思わせる。

「――そう。なら余計辞めたくないわよね」

「ええ。でも……」

平澤の声に涙が滲んだ。

「正直良く分からなくなっちゃって。東雲さん、急に変わっちゃって、私が好きだった人と同一人物かどうかよくわからなくなっちゃったし、告れば分かるかなと思ったけど余計分からなくなっちゃった……」

それでようやく合点がいった。平澤はずっと好きだった相手が、急な変身によっていなくなってしまったようで不安になったのだ。しかも見た目が変わるのと程なくして恋人までできて、自分たちのオフィスの上で一緒に暮らしだして。

東雲は渡せない。平澤の方が先に東雲を好きになっていたとしてもだ。

けれど可南子にもできることがあると思った。

「その辺は……私がフォローできると思うわ」

デザートに運ばれたカタラーナのカラメルをスプーンで割りながら、可南子はにっこり微笑む。

「というか、変なところを見ちゃったお詫びに、フォローさせてくれない？」

平澤は再び訳の分からない顔になった。

「無理！　絶対こんなの無理ですってば！」

「無理じゃない。私を信じなさい」

　可南子は選んだ服を平澤に押し付け、ブティックの試着室に押し込む。ドアの向こうから何やら泣くような声が聞こえたが無視した。

　可南子が平澤のために選んだのは上品な淡いラベンダー色の薄いニットだった。首も長いので、全体にフィットしたノースリーブのタートルネックにしつつ、胸元の一部に切れ目が入っていて、肌がチラ見せできるタイプである。更にその上から、同色で肩が見えるオフショルのカーディガンを羽織らせる。平澤は背が高く肩幅も女性にしては広い。そのスマートさを生かしながらさり気なく女性らしい色気を感じさせるデザインだ。

「本当はドロップショルダーもいけるんだけどなー。でもこれはこれでありか？」

「言っときますけどこれ以上肌を見せる服なんか着せたら私、裸で逃げますからね！」

　どうやら平澤は肩幅の広さがコンプレックスらしい。しかし可南子の選んだニットはその肩幅を生かし、尚且つ柔らかく仕上げている。

　そして裾がふんわり揺れるマキシ丈のスカートはスリット入り。足元は華奢（きゃしゃ）なサンダルで、やはりチラチラと見え隠れする足首が綺麗だった。揺れ感を出すためにアクセサリーもドロップタイプだ。

「さ、次いきましょ」

「え？　このまま⁉」

「もちろん。服に合わせたメイクをしましょ」

自店舗も入っている百貨店の一階は御多分に漏れず化粧品店が軒を連ねていて、気心が知れたスタッフが可南子の意を汲んでくれる。

「可南子さん、また連れてきたの？　今度は彼女？」

「そ。素材を生かして綺麗にしてあげてくれる？」

「わ、やるやる！　どうぞこちらへいらして！」

平澤は瞬く間に店舗の奥の席に座らせられると、好きな色味などを聞き取りされつつざっと元のメイクを落として、化粧を施され始めた。

「普段は薄いメイクなんですね。肌がきれいだからノリは良さそうかな。眉もちょっと整えますね～」

ブティックで色んな服を試された時点でかなり精神を削られていた平澤は、既に抵抗する気力もないらしく大人しくされるがままになっている。

「できましたー。こんな感じでどうですか？」

鏡の前に立たされ、あっという間に垢ぬけてしまった自分の姿に、平澤は声を失くしていた。

「どう？　わかった？」

「え？」

後ろに立つ可南子に問われて、平澤は構えた表情になる。何かの罠だと思ったらしい。

「私が律にしたのも同じこと」

しかし可南子に他意はなかった。言葉ばかり重ねるより、実践してしまった方が早いと思ったのだ。

「ねえ。今のあなたは前のあなたと別人？」

「え……？」

平澤は鏡の中の自分を見つめながら考え込む。

「もちろん外見を変化させたところで中身は変わらないし、その人が何を感じるかはそれぞれよ？　でもずっと気になってた。平澤さん、何度も『私なんか』って言ってたでしょう？　でもその卑下って本当は必要なくない？」

中身は変わらないと言いながら、平澤もまた東雲同様変化していた。内面が外見ににじみ出るように、外見も内面に影響するのだ。だからこそ、可南子は自分のしている仕事の誇りがあるし、とても楽しかった。

黙り込んで動かなくなった平澤に、最後の一手とばかり明るい声をかける。

「律は律だし、平澤さんは平澤さんよ。どう変化しようともね。そうじゃない？」

平澤は鏡の中の自分を見つめながら、ほんのりと微笑んだ。悪くないと思ったのかもしれない。

可南子のしたことが裏目に出なかったことに、心底ホっとする。

「ね、せっかくだからネイルも塗ってみる？」

可南子のいたずらを企(たくら)むような声に、しかし平澤は肩から力が抜けたように笑って、はっきり「行きます」と答えた。

◇◇◇

なんやかんやとはしゃぎつつ、ニットに合わせて淡い薄紫のネイルを塗って貰った平澤と、『Access』のオフィスに戻ったのは夜だった。平澤の荷物がオフィスに置きっぱなしだったから、取りに行かないと家に帰れない。

可南子としてもいつまでも遊んでいるわけにはいかなかった。明日も仕事である。

果たして『Access』のドアを開けると部屋には電気が点(つ)いており、東雲となぜか弘輝が座っていた。

「弘輝、なんであんたまでここに」

「なんでって……律に呼び出されたんだよ。姉貴がうちの事務員を攫(さら)って行ったって言うから

……」

「攫ったなんて人聞きの悪い……」

いや、思い返せばあれは攫ったようなものか。無理やり連れ出したのには違いない。

「ごめんなさい。平澤さんとお友達になりたくて、ちょっと付き合って貰ってたの」

可南子が素直に謝ると、弘輝は素っ頓狂な声を上げる。

「ええ？　って、一緒にいるの、もしかして平澤さん⁉」

弘輝の慌てた声に、可南子の後ろにいた平澤が顔を伏せる。

「そうよ。いつもとは少し違うけど、似合ってるでしょ？」

「え？　え？　え〜〜〜？」

弘輝は行儀悪く平澤を指さしたまま固まっていた。

そんな弘輝の後ろで、東雲は仏頂面を崩さない。怒っているらしい。

「律、怒ってるの？」

「心配してた。可南子さんのスマホにメッセージを送っても既読すらつかないし」

「それは……ごめんなさい」

色々邪魔を入れたくなかったから、タクシーの中でレストランの予約を入れてから電源を切っていた。

バッグから取り出して電源を入れると、東雲から大量のメッセージが届いている。

「心配させたことは本当にごめんなさい。ただ……彼女の言葉をちゃんと聞いてあげて」

そう言って可南子は後ろにいた平澤を東雲の前に押し出した。

平澤はそれでも少し不安そうに戸惑っていたが、意を決して顔を上げると、東雲の顔をまっすぐ見て言った。

「さっきはご迷惑をかけてすみませんでした。でもその件とは別に、私はこの会社が好きで、自分の仕事も気に入っています。だからこのまま『Access』で働かせてください」

真摯な平澤の態度に東雲は軽く目を瞠ったが、数秒考えたのちに「分かった」と頷く。平澤は顔を輝かせながら「ありがとうございます！」と頭を下げた。

「じゃあ、私はこれで。荷物を取りに来ただけなので」

自分の席にあったバッグを手に取ると、平澤は明るい顔で出て行こうとする。そんな平澤を弘輝が慌てて追いかけた。

「送ってく！　もう遅いから危ないし！」

「え？　いいですよ、そんな」

「いや、送ってく」

弘輝の勢いに押されて二人は連れ立って出て行った。

あとには可南子と東雲だけが残される。

「私達も帰る？　律、仕事は？」

「……それどころじゃなかったから。急ぎではなかったし明日やる」

「そう。じゃ、帰りましょ」

「ああ。でもその前に――」

「え？」

突然引き寄せられ、抱きしめられてキスされた。

まるで何かを罰するような、激しいキスだ。

「ん、ん～～～っ」

息が上手くできず、苦しくなって東雲の腕を叩く。東雲はハッとして可南子の体を離した。

「ごめん。なんか急に――そうしたくなって……」

言葉にできない想いに苛立ち（いらだ）ちを隠そうともせず、東雲は拳を握りしめる。

「あの……、とにかく部屋に帰りましょう。晩御飯、まだでしょう？」

「晩飯どころか昼も食ってない」

「律！」

そうだった。何かに気を取られると寝食を忘れるタイプだ。

「もう！　部屋に帰ったら何か作ってあげるから――」

そのままドアに向かおうとする可南子の体を、東雲が後ろから再び抱き締める。

「可南子さん……可南子」

「どうしたの？　律、変だよ？」

「今、したい」

「え？」

可南子の思考が一瞬止まる。東雲が何を言っているのか理解するのに三秒かかった。

「今ってここで⁉」

ここは『Access』のオフィスだ。平澤を送っていった弘輝が戻ってくることはないだろうが、二人が愛を紡ぐ場所でもない。

「ごめん、我慢できない」

早口で言うと、東雲は可南子の肌に唇を滑らせ始める。

「や、そんな……」

抵抗する間もなくタイトスカートの中に右手を差し込まれ、ショーツごとストッキングを下にずらされた。スカートはその形状上、太ももまでずり上がっている。可南子は慌てて抵抗しようとした。

「律、ちょっとダメ！　ダメだってば！」

「大丈夫、ちゃんと——濡らしてから……」

可南子の花弁の間で東雲の指が暴れ出す。一方左手はブラウスのボタンの隙間から胸に入り込み、ブラをずらして乳首を攻め始めた。手のひら全体で揉みしだきながら、指先で乳首をくりくりと押し回す。

「あ、や、ダメ、あぁあん……っ」

ダメだと思うのに、体は敏感に反応し始める。

「ダメじゃないでしょ。ほら、乳首がもう硬くなってる。こっちももうトロトロだ」

東雲の意地悪な声が鼓膜を刺激した。

「でも、こんなところで……弘輝が戻ってきでもしたら――！」

それでも一抹の不安は拭えなかった。けれど東雲は諦めようとしない。

「大丈夫。あいつは気が利くからその場合はUターンしてすぐに帰るよ」

言いながら右手の親指でクリトリスの皮を剥いてぐりぐりとこね回した。一方中指は花弁を割り、蜜口に差し込まれる。可南子は堪らず白い喉をのけ反らせて叫んだ。

「や、ダメ、そんなにしたら――」

悲鳴を上げそうになる口を今度は左手で塞がれ、彼の人差し指が可南子の口の中に入ってくる。

「可南子さん、俺の指、しゃぶって……」

耳元で囁かれ、太い指に舌が絡んでしまった。

「あ、いいよ……ほら、可南子さんのココが溢れてきた……」

東雲の言う通り、可南子の足の間からぐちゅぐちゅと濡れた音が響き出す。東雲の指は的確に可南子の感じる部分を責めてきていた。

「ひゃ、らめぇ……」

ダメと言いたいのに、東雲の左手の中指が口の中で邪魔してうまく言えなかった。

「ほら、キスして――」

そのままおとがいを掴まれ、顔を後ろに向けさせられて唇を重ねられる。東雲の舌は彼の指より獰猛に可南子を狂わせていった。

「りつぅ……っ」

口から溢れる唾液を舐め尽くされ、自由になった左手で再び胸を揉まれ、否が応にも可南子の官能が高まってしまう。ぴったりとくっついた可南子の臀部（でんぶ）と東雲の腰の間では猛（たけ）った彼の分身がその存在を主張していた。

「もう、挿れてもいい？」

潜められた声に脳がゾクゾクと震えだす。ダメと言いたいのにうまく声が出ない。

「ここに体を倒して」

言われるがまま誰かの机の上に、胸をむき出しにしたまま上半身を押し付けられ、東雲に向かって腰を高く持ち上げられた。

「——挿れるよ？」

可南子の返事を待たず、東雲は取り出した分身を可南子の秘部に押し当て、突き立てる。

「はあぁあああぁあああぁぁんっ！」

与えられた圧迫感と快感に、可南子の上半身が反った。勢い、東雲に腰を押し付ける格好になる。まるで自ら彼を咥（くわ）えようとしているみたいだった。

「好きだ。可南子さん、好きだ——」

東雲は可南子の体を掴みながら自分の腰を前後させる。固く尖った東雲の亀頭が、可南子の最奥に届いて刺激を繰り返す。ばちゅばちゅと接合部がいやらしい水音を立てた。

その感触がいつもと違うことに気付き、可南子は慌てた。東雲は避妊具を付けていなかった。

「律、ダメ！　中はダメ！」

必死で逃げようとするが、机に押し付けられている可南子には逃げ場がない。

「あ、ダメぇ……っ！」

繰り返される激しい抽送に、可南子が昇り詰め、その意思に反して東雲の肉棒を締め付けてしまうと、彼は恐るべき速さで己を抜き取って外で射精した。

二人とも息が乱れ、声も出せなくなっている。可南子はずるずると床にしゃがみ込んだ。

「ダメって……言った、のに……」

息を切らしながら、怒りと悲しみを口にする。今まで生でしたことなんてなかった。射精直前で抜いていたが、それで避妊になったとは思えない。

対して東雲の声は冷静だった。

「子供ができたらちゃんと責任を取る。できてなかったとしたって今すぐ可南子さんと結婚したい」

「そういうことを言ってるんじゃない！」

可南子は怒りにブチ切れて東雲を睨みつけた。しかしびくりと震えた東雲を見て、冷静になるべく大きく深呼吸する。ダメだ。今は何を言ってても感情的になってしまう。

「とにかく……帰ってシャワー浴びて着替えるから……上着を貸して」

可南子が着ていたスーツは激しい行為でぐちゃぐちゃの皺だらけになっている。ストッキングだってスカートの下で破れまくっていた。こんな格好で外を歩きたくない。せめて精神的に防御できるまともな羽織るものが欲しい。

「ああ、これを」

東雲は言われるまま自分の上着を差し出した。可南子は簡単に身繕いすると、その上に東雲の上着を羽織ってオフィスを出る。慌てて東雲がオフィスの鍵を施錠して後をついてきた。

脱衣所で身に付けていたすべての衣類を脱ぎ捨て、熱めのシャワーで体を洗い流す。間違いなく可南子の体は感じていた。東雲の愛撫は隙がなく、確実に可南子の弱い部分を攻めていた。体中敏感になり、乳首は硬く勃ち、蜜壺は溢れるほど濡れていた。
今も——。正直、今もあの刺激を思うと体は疼きそうになる。シャワーでどれだけ流しても、足の間からは蜜が零れる気がした。あれが強姦(ごうかん)か和姦(わかん)か聞かれたら百人中九十九人が和姦だというだろう。

それでも。

可南子は挿入を拒否したはずだ。避妊できない行為はしたくなかった。お互いに強く想い合っているとはいえ、まだ色々なことがあやふやな段階で、妊娠をきっかけに結婚を決めてしまいたくはなかった。

何より東雲の本心が分からなかった。

――付けないでしたかっただけ？

女性の可南子にはよく分からないが、男性は付けない方が数倍気持ちいいと聞く。

東雲があんな場所で可南子を求めたのは、本当に久しぶりで湧き上がる欲望を我慢できなかっただけだろうか。それ以外の感情も混ざっていなかったか。

可南子が平澤と共にオフィスに戻った時、東雲は怒っていた。それはいきなり東雲と話していた平澤を無理やり連れ出したからだろうと思っていたが、そうではないのだろうか。それ以外の感情も混ざっていた？

直感的なものでしかないが、東雲のセックスはいつもと違っていた。まるで罪を咎めるように可南子を激しく意地悪く攻め立てていた。操り人形を扱うように、可南子を意のままにしようとしていた。喘がせ、組み伏せ、逃げられないようにした上で可南子を蹂躙していた。そしてそんな風に感じてしまうのはとてつもなく恐ろしかった。

――怖い、なんて。

東雲を信頼できない自分が悲しい。話し合うべきことなのだろうと思うが、今はそれすら怖かった。東雲が暴力的な行為をするとは思っていない。怖いのはそれではない。東雲と話し合った時、まるっきり言葉が通じなかったら……。その可能性が怖かった。

ルームウェアを身に付けて脱衣所を出る。リビングでは座り込んでいた東雲がハッとしたように可南子を見た。

視線が絡み合い、何か言わなければと思うが、やはり言葉が浮かばない。東雲も可南子の様子を窺っているだけで話そうとはしなかった。彼も、今、何かが怖いのだろうか。

「……律も、シャワーを浴びて。私はもう休むから」

ようやくそれだけ絞り出すと、可南子は自室に入りベッドに倒れ込む。当然ながら部屋のドアに鍵は付いていない。それを不安に感じる自分が悲しかった。

目を閉じ、ベッドの中で蹲(うずくま)る。

数分後、ドアの向こうで、小さくシャワーの音がした。

東雲と、まともに会話ができたのはそれから三日後だった。

何となく顔を合わせづらくて、朝は早めに起きて出勤し、夜もぎりぎり仕事を作り出して職場に残った。

その間、弘輝と平澤から何度かメッセージが届いて『何かあった？』『大丈夫ですか？』と心配されたが、『たいしたことじゃない』と適当な返事でごまかす。正直なにも考えたくなかった。

堪りかねた弘輝から直接着信があったのが三日後だった。

『律が出社してない』

「……そうなの？」

『何も聞いてない？』

「ちょっと仕事が忙しくて顔も見てないから……」

『姉ちゃん〜〜〜、メッセでやり取りはしてないの？』

「……してないわね」

実際、東雲からは何も言ってきていない。可南子からも送っていなかった。何を書いていいか分からなかったのだ。そして彼が今、何を考えているかは分からない。

「仕事に支障が出てるの？」

『いや、一応リモートでもできる仕事だし。ただ社長が出勤しないとやっぱ全体の士気は落ちるって言うか……』

弘輝の言葉はそこで途切れる。分からなくもない。東雲が出社していたところで社員の皆を気遣ったり発破をかけたりするタイプではないだろう。元々一人で黙々と仕事に勤(いそ)しむタイプだ。

それでも東雲がいるかいないかで、会社の雰囲気が違うのだ。中心となる柱が存在する安心感のようなもので。

「……分かった。今日、帰ったら話してみる」

仕方なくそう言った。間違いなく、東雲の変化はあの日を境にしている。

『平澤も……』

言いかけて弘輝の声が止まった。

『いや、なんでもない』

「なんでもなくはないでしょう？　平澤さんがどうしたの？」

弘輝はそれでも思いあぐねるように沈黙していたが、やがてぽつりと言った。

『かなり気にしてる。社長が出社しなくなったのは自分のせいじゃないかって』

可南子はそれを聞いて頭を抱えた。

「律がそう言ったわけじゃないんでしょう？」

『そりゃ、まあ。律は……ちょっと風邪気味で皆に感染したくないから、リモートで仕事するって、それだけ』

「じゃあ風邪気味なんでしょ。話すついでに薬でも飲ましとくから」

弟相手ということもあって、若干キレ気味に話して通話を切った。東雲は一体何をやってるのか。ずっとモヤモヤしていた気持ちが怒りに変換されていく。

何より自分に怒りが湧いていた。

分かっていたはずではないか。

東雲がいくら変身し、可南子に対し素晴らしい恋人ぶりを見せていたとしても、彼自身、決してコミュニケーション能力が高かったわけではないのだ。彼なりに考え、努力し、その姿を作り上げようとしているところだった。

可南子の恋人としてだけではない。『Access』の社長としても同じだった。

実力はある。知識も豊富だった。けれど様々な取引相手と渡り合うことは、それなりに負荷があったに違いない。

分かっていたはずなのに、彼の一面だけを見て甘えまくっていた。きっと彼自身が可南子にこそ見せたいと思っていた姿なのだろうが。

「あーっ!!　たくもうっ!」

可南子は一人叫ぶ。話し合わなければ。ちゃんと東雲と本音の部分で話さなければ。それができなければ、一生そばにいることなどできないのだから。

◇◇◇

「ただいま!」

可南子はわざと大声を上げながら玄関を通過する。その手には帰りがけにデパ地下で買った食料品が、紙袋にわんさか入っていた。東雲には前以て、夕食を買って帰る旨、メッセージで伝えてある。

「律、いる？　どうせまともに食べてないんでしょ？　一緒に食事にしましょ！」

ダイニングテーブルに紙袋やバッグを置き、可南子は東雲の部屋をノックした。

「律、開けるわよ？」

そう言ってドアノブを回そうとした瞬間、ドアが開いて東雲が姿を現す。急に開いたドアに、可南子は「きゃ」と声を上げ、改めて東雲を見つめた。

そして直後に吹き出す。

「律……？」

伸びかけの無精ひげ、手入れされていないぼさぼさの頭。初めて会った頃の東雲ほどではないものの、それに近い雰囲気を醸し出している。少し頬がこけている辺り、食事もまともにしていなかったのだろう。

「やだ、なあに？　その姿は」そう言おうとして思いとどまった。今の東雲なら傷つけてしまいかねないと思ったからだ。

その代わり「ご飯食べない？」と明るく誘う。

「お腹が空いてたから、ついいっぱい買いすぎちゃった。律も中華、好きでしょう？」

保温性のあるフードパックの中には、上海焼きそばや葱炒飯（ねぎチャーハン）、油淋鶏（ユーリンチー）やエビチリなど、なかなか本格的な味の総菜が詰められていた。

東雲は可南子の顔と総菜の山に交互に視線を送ると「わかった」と言って、手を洗ってからダイニングテーブルの席に着いた。

しばらくは食べることに集中していた。取り分けた皿の中身を、二人で黙々と口に運ぶ。東雲も空腹だったらしく、見る見る間に食事を平らげていった。

ほぼ空になったテーブルの上をざっと片付け、香りのよい凍頂烏龍茶（とうちょうウーロンちゃ）を淹（い）れて人心地つく。さあ、何から話し始めようか。

静かに茶を啜（すす）る東雲を見て、可南子は思い切って切り出す。

「ねえ。もう私のことは嫌いになった？　顔も見たくない？」

東雲はハッとして顔を上げる。

「そんなこと！　可南子さんこそ俺のことがもう嫌になったんじゃ……」

不安を滲ませる顔に愛しさが湧く。

——うん、大丈夫。まだ彼が好きだ。

「嫌いになんかなってない。今でも律が好き」

静かにそう告げると、東雲は目に見えて安堵の顔になった。そんな顔を見ていると可南子まで嬉しくなってしまう。良かった。自分も彼に嫌われてはいなかった。

「でも……分からないことがあって。それをあなたに訊きたい」

「訊きたいこと？」

東雲は再び不安を滲ませて、不穏な顔になる。

「そう。あの日……平澤さんと『Access』に戻った時、あなたはすごく怒ってた。あれは何に対する怒りだったの？」

東雲をまっすぐ見つめる可南子の問いに、彼は視線を逸らした。そしてかけっぱなしのＰＣ用眼鏡を何度かかけ直すと、そのまま外してテーブルの上に置く。

「こんなことを言うと引かれるのはわかっているけど……、可南子さんは俺にとって女神も同然なんだ」

「は？」

突然何を言い出したのか分からなかった。

「明るくて生き生きとしていて輝いている。見てるだけで眩しくなる。少し迂闊なところや粗暴なところも含めて全部好きだ」

今のは褒められているのか。判断に少し迷う。しかし可南子自身の欠点を分かっていてなお好きでいてくれるなら、それは喜ぶべきかもしれない。

「その……ありがとう」

「でも、たとえどんなに素晴らしい人でも、俺の会社のことで口を出されるのは困る」

一転した言葉に可南子は面食らう。

「えっとそれは……平澤さんのこと？」

「ああ。俺が平澤を辞めさせようとしてるのを見て、彼女を連れ出したんだろう？」

「……ええ」

彼女の評判は決して悪くはなかった。真面目で、社内の紅一点とはいえ、それを感じさせないところに利があると。

「平澤に同情した？　自分の恋人に横恋慕するような女性に？　可南子さんは優しいから」

「そうじゃない！」

つい大きな声が出た。

「同情なんて、そんなおこがましいことしてない。彼女があなたに告白しているのを聞いてしまった時は嫌な気持ちになったし、胸もざわついた。あなたに近付いて欲しくないって、本気で思ったわ。でもそれより私が嫌だったのは……」

可南子が本当に嫌だったのは、東雲に告白していた平澤よりも、そんな彼女を一刀両断切り捨てようとする、雇用者としての東雲の姿だった。確かに彼女のしたことは褒められたことではないかもしれないし、可南子自身、モヤつくものはあったが、それ以上に彼がスタッフを駒のように扱うようで嫌だったのだ。

しかしそれを口に出すのを躊躇する。言ってしまえば断罪に近い。言葉は時に刃だ。迂闊に振りかざせば見えない大きな傷を作り、関係を破綻させてしまう。どんなに好き合っていた者同士だって、それは例外ではないのだ。

可南子が言いあぐねたのを見て、東雲は自ら切り出した。

「『Access』はさほど大きくはない会社だけど、それでも人材に関しては手堅く決めてきたつもりだし、それは経理事務担当といえども同じだ」

「……うん」

知っていた。スタッフとはちらりとしか顔を合わせていないが、オフィスの空気は決して悪くなさそうだったし、弘輝から聞く限りでもそれぞれ癖があっても優秀なスタッフを集めたと豪語していた。それは主に前社長である八柳の功績も多かったようだが。

東雲は更に頭をぐるりと回し、何と言うべきか言葉を選んでいる。

「俺は、八柳さんの急な辞職から『Access』を引き受けて、自分なりに責任者として努力してきたつもりだ」

それも知っている。東雲が今までメインでやってきたシステム構築だけでなく、経営的な部分も必死に勉強している姿を可南子は見ていた。足りない経験を知識で補おうとしていた。

「だから――、たとえ可南子さんとはいえ、社外の人間にスタッフのことを横から口を出されたくはない」

東雲の言葉が胸にずしんとのしかかる。そんなつもりはなかったと、今更言っても遅いだろうか。平澤の進退に口を出すつもりではなかった。しかし自分に女性としての自信がなく、それ故に自ら去ろうとしていた彼女を、そのまま放っておくのは抵抗があった。辞めるにしても胸を張って辞めてほしい。そして可南子にはそれを叶える方法があった。

しかし彼にとっては横から口出しに見えても仕方ない状況だったかもしれない。可南子が『Access』にとって部外者なのはまぎれもない事実なのだから。

「わかったわ。ごめんなさい」

だから素直に謝った。それでも東雲はどこか暗い目をしている。

可南子はテーブルの上で彼の手を取った。

「ねえ、ちゃんと食事してた？」

「え？　あ、ああ」

「栄養ドリンクや補助食品だけじゃなくよ？」

東雲の目が曇る。まともに食事をしていなかったのは可南子の目にも明らかだ。どう見たって頬が削げ、全体に痩せてしまっている。たった三日か四日のことなのに。

「大丈夫。最低限は摂ってるし」

それでも尚言い募ろうとする彼の手を、更に強く握る。

「……あのね、あなたがあまり痩せてしまうと、その……えっちの時に骨が当たって痛いの」

これは奥の手だ。可南子は少し表情に甘さを加える。東雲の頬がほんのりと染まった。

「だからご飯はちゃんと食べて？　それともが私が痩せて実践で教えてあげましょうか？」

「え？」

「ちなみに女性の場合は胸もほぼ脂肪だから、胸から痩せていくことになるけど、いい？」

隠微な脅しに東雲が当惑の表情を浮かべた。

「ご飯、ちゃんと食べるわよね？」

ダメ押しにそう訊くと、彼は素直にこくんと頷いた。


テーブルの上にあった手を、逆に上から握り返される。

「あの、俺もその……あの日はごめん」

今度は本当にすまなさそうに謝られた。可南子の胸に小さな安堵が生まれる。東雲はもごもごと決まり悪そうに続けた。

「無理やり、あんなことして……嫌だったよな」

オフィスで無理やり組み伏せ、更には避妊具なしで挿入された。そのことを言っているのだとすぐ分かった。

可南子は静かに息を吸って吐く。

「――怖かった」

その言葉に、東雲は怯えた目になる。

「力では……到底かなわないんだなって思い知った」

「ごめん！　本当にごめん！」

「あなたの巧みな動きで私は確かに感じていたけど……それでもゴムなしでやるのは怖いの。私にはまだその覚悟ができていないから」

こればかりは、妊娠する性に生まれたものにしか分からないだろう。妊娠がもたらす体の変化は個人により千差万別だし、可南子にはまだその経験もない。例え結婚して子供を望む立場になったとしても、その恐怖は少なからずあるだろう。

「だから、妊娠云々だけじゃなく、避妊をやめるタイミングだけは私に選ばせてほしい」

東雲の目をまっすぐ見て言った。これだけは譲れない部分だった。

「――分かった。本当にごめん」

東雲が真摯に受け止めてくれてホッとする。

「怒りに任せてあなたを抱いて、ずっと後悔していた。もう二度と触れさせてもらえないかもしれない。それより俺に愛想を尽かして別れようと言われるかもしれない。そう思うだけで俺は……」

どんどん苦し気になっていく声に、可南子の胸も苦しくなる。

——大丈夫。まだ大丈夫。失ってしまうことを恐れるほどに、お互いに必要としている。

今回生じた歪みが、可南子と東雲にとって良いことなのか悪いことなのかは分からない。けれど、努力する余地はあるはずだ。

可南子は椅子から立ち上がると、ダイニングテーブルをぐるりと回って東雲の横に立ち、彼の体をそっと抱きしめた。自分の想いが伝わるように。まだ一緒にいたいと信じてもらえるよう。

可南子が抱き締めた腕を、東雲の手がそっと握る。

「——許してもらえますか？」

僅かに滲む不安を、払拭するように更に身を寄せ、彼の耳元に囁く。

「律が私を許してくれるなら」

「……よかった」

ホッとした声を聴いて可南子の胸も温かくなった。

「……ひとつだけ正直に言うと」

可南子の潜めた声に、東雲はびくりと肩を震わせる。

「つけないでしたことを除けば、無理やりっぽいのも悪くなかった」

恥を忍んだ可南子の言葉に、東雲の耳が赤くなる。

「でも、今夜は優しくしてほしい。いい？」

可南子から誘わなければ、東雲は触れてこないだろう。仲直りの意味も込めて可南子は彼を誘う。

「いいの？」

東雲は顔を上げて可南子の目を覗き込んだ。

「律が、嫌じゃなきゃ」

可南子は恥ずかしそうに微笑んで見せる。

東雲は可南子の頭を抱き寄せてキスをした。柔らかく、少しおずおずとしたキスだ。

「嫌じゃない。したい」

東雲の掠れた声に、可南子は彼の手を引いて立たせ、二人で彼の寝室へと向かった。

ベッドの前で、強く抱き合ってキスをした。彼の胸、彼の腕、彼の唇。三日触れ合わなかっただけなのに、懐かしさで眩暈（めまい）がしそうになる。
東雲のキスはしつこいくらいに長く、濃厚に続く。口の中を隙間なく舐め上げられ、舌を絡め、口中が飲み干されそうなほど吸われた。さすがに苦しくなって軽く彼の胸を叩く。東雲はハッとした顔をして顔を離した。
「や、やっぱダメです。今日はやめましょう」

彼の狼狽したような姿に、可南子は「どうして？」と訊いた。

「あの、つまり……、このままだとまた無理やりっぽくなりそうだし」

無精ひげを生やした東雲の頬が赤く染まっている。

「アレは？　ないの？」

暗に避妊具の有無を問う。

「あるけど、でも……！」

「じゃあ大丈夫、私がちゃんと着けてあげるから」

「え」

「でも……あまり痛いことはしないでね？」

「……いいの？」

聞き返してくる顔が可愛かった。今ならヒグマのような姿の東雲とだって愛し合えると思う。

「仲直り、しよ？」

恥じらいに頬を染めながら言うと、東雲の目は潤みだした。

「あなたって人はもう！」

そのまま抱き上げてベッドに横たわらせる。

「避妊はちゃんとします。でもそれ以外は……どうなっても知りませんから」

仰向けになった可南子を見下ろしながら、東雲はきっぱりと言った。少し怖いくらいの真剣な顔に、ゾクゾクしてしまう。

　ベッドの上で折り重なったままキスをする。思う存分舌を絡め合った後、東雲は枕元から何かを取り出した。

「ねえ、目隠ししてもいい？」

「え？」

「俺が寝る時につけてるやつだけど」

　東雲が手にしていたのは遮光用の立体アイマスクだった。東雲は可南子の返事も待たず、それで可南子の視界を塞ぐ。

「え？　ちょっとこれ……」

「痛くはないでしょ？」

「え？　う、うん」

　痛くはない。痛くはないが何も見えないと痴態をさらけ出しそうで少し怖い。そんな可南子を安心させるように、東雲は優しい声で言った。

「その状態で想像してみて。ここはオフィスで俺たちは会社の同僚。――そうだな、俺が社長であなたが秘書って設定でもいい。可南子さんが着ているのはこの間よりかっちりしたスーツで、俺はそれを無理やり脱がせようとしているところだ……」

　妖しくも色っぽい声で囁かれ、それ以上抵抗できなくなってしまった。頭の中に隙のないスーツを着こなした東雲と、秘書姿の自分が浮かび上がる。

「ここは社長室。来客用のソファの上で、あなたは俺に押し倒されている」

言いながら東雲は可南子のルームウェアの裾から手を入れると、ナイトブラごと顎の下までずり上げた。

「あ、律……」

「違うでしょ。『社長』って呼んでみて」

言われて頭の中の妄想が暴れ出した。東雲が社長で可南子が秘書。ここはお堅い社長室。シチュエーションがエロい。

「あの、社長、やめてください……」

つい殊勝な声が出る。

「大丈夫、ちゃんと優しくするから」

そう言いながらも、東雲はルームウェアから頭だけ抜くと、可南子の頭上で袖を腕の部分で留めてしまった。これでは手の自由が奪われたも同然である。

「これじゃ動けません」

「ああ、そうだね。でも君が無理やりっぽくしてほしいって言ったんだよ？」

「それは……」

確かに言った。前言撤回しようとしてももう遅い。何も見えず、体が拘束されると、可南子は益々(ますます)不安と期待で感じやすくなってしまった。

むき出しになった二つの乳房に、東雲の視線を感じてしまう。

これは妄想だろうか。それとも本当に見てる？

ふっと、羽のように軽いタッチで乳首を擦られた。その途端、可南子の体はビクンと跳ねてしまう。

「ああ、乳首がもうこんなにいやらしく尖ってる」

嬉しそうに笑い、東雲は可南子の右胸に吸い付いた。そして左の胸も指で弄り始める。

「あ、社長！　ダメです、ぁぁあっ、あんっ！」

片方を思い切りしゃぶられ、もう片方をぐりぐり摘まれて、快楽の波が押し寄せてきた。

「普段はあんなに毅然(きぜん)として、眩しくて近寄りがたいのに、今はもうこんなに美味しく熟れてる。可愛いよ……」

可南子の頭の中でも、秘書姿で半裸の自分が貶(おとし)められている姿が浮かんで、一層嬌声が高くなった。東雲の口と指は絶え間なく可南子の乳首を攻めてくる。

「あんっ！　ダメですってば、それ、あぁあん……っ!!」

東雲の指と舌は容赦なく可南子の胸を苛(いじ)め続けた。もう敏感どころではない。可南子の脚の間で、快楽の渦がとぐろを巻き始めている。

「気持ちいいんだろう？」

問われて可南子は迷う。可南子自身ならすぐにでも気持ちいいと言ってしまいそうだが、想像の中の秘書の可南子は、お堅くてそんなことを口に出せない気がした。

「イイって言わないなら、このままやめてしまってもいいんだよ？」

甘やかな脅しに唇を噛む。しかし胸から指や舌の感触が遠のくと、一気に不安に襲われた。このままやめてしまったらどうしようと思ったのだ。

「イイです……。だから、もっとシて……」

消え入るような声は、自分の物じゃないみたいだった。

「よくできたね。いい子にはご褒美だ」

東雲は満足そうに言いながら、今度は左右を逆にして可南子の乳首を可愛がり始めた。

「ゃ、ぁふ……、はぁん……っ」

鼻にかかった嬌声が止まらなくなる。

「可愛い。それにすごく美味しい。感じてるあなたは本当にすごく綺麗だ──」

「や、社長、ダメですってば、そんな風にしたらもう……」

感激した声を上げながら、東雲は今度は両手で乳房を揉み始める。

「ねえ、これも気持ちいい？　正直に言って？」

「気持ちぃ……でも、ダメぇ……っ」

「何がダメ？　ほら、体はこんなに喜んでいるのに」

更に東雲は可南子の首筋や耳にも舌を滑らせた。

「それともやはり本当はやめてほしいの？」

誘惑する悪魔のように優しく聞かれて、可南子は失神しそうになった。

「社長命令だよ？　ちゃんと答えて」

再び訊かれ、可南子は首を小さく横に振る。東雲がくすっと笑った声が聞こえた気がした。恥ずかしい。

「じゃあどうしてほしい？　言ってごらん？」

こんなこと何度もしている筈なのに、社長と秘書というシチュエーションの想像は、恥ずかしくて唇が震えてしまう。

「……体中、触って……キスして……」

ようやくそれだけ言った。可南子の中で、東雲は今完全に意地悪で甘やかな社長だった。

「震えてるね。俺の可愛い秘書さん」

胸を揉んでいた両手が、可南子の顔を包むと唇にキスされた。そのまま東雲の手は肩に落ち、胸や背中を撫で始める。キスを落とした唇は、頬に流れ、鎖骨に落ち、再び胸元をさまよっていた。しかし今度は肝心の場所を避けてだ。

気持ちいい。でも物足りない。

「あの、もっと……」

東雲の手が止まる。

「もっと、なに？」

分かってるくせに、と思う。でも視界が塞がれて東雲の表情が分からないので確信が持てなかった。

「ちゃんと言わないと分からないよ？」

東雲の声はどこまでも平坦で、その真意が測れない。そして見えていない分、恥じらいも薄らいでいた。

「乳首も、触って」

声に出してから恥ずかしくなる。私ったらなんてことを。そう思ったが手遅れだった。

「ここ？」

指先でつんつんと突かれる。

「そう」

「こんな感じで？」

東雲の触り方は羽毛のように軽いものだった。

「もっと、強く」

焦れてしまいねだる言葉が飛び出す。

「こうかな？」

両方きゅっと摘まれて、腰がびくりと跳ねる。

「それもいいけど、その……」

さすがに躊躇いが生じた。さっきからはしたないことばかり口にしている。

「その？」

しかし東雲は容赦する気はないようだ。あくまで可南子の口からねだらせたいのだろう。可南子はきゅっと唇を噛んでから覚悟を決める。

「口でも、して。さっきみたいに」

顔から火が出そうだった。恥ずかしい。顔が見えなくて本当に良かった。今、東雲と目があったら、恥ずかしくて身もだえしてしまいそうだ。しかし東雲は嬉しそうな声を上げた。

「本当に、たまらないな、あなたは」

そう漏らしながら、両手で可南子の乳房を外側から持ち上げ、ふくらみを中心に寄せると、両方の乳首を交互にしゃぶり始めた。

「は、はぅん、あ、あぁ、はぁんっ！」

直接的な刺激に、可南子の喘ぎ声が止まらなくなる。

「本当に素敵なおっぱいだ。分かる？　僕の唾液でてらてら濡れて、つんと赤く尖った乳首が美味しそうに光ってる。あなたがこんないやらしい体を、普段あのお堅いスーツの下に隠してるのかと思うと……俺の体までおかしくなりそうだ……」

そう言いながら、東雲は固くなった股間を可南子の足の間に押し付けてくる。下半身はまだ互いに着衣のままだから布越しであるはずなのに、東雲の股間はそうと分かるほど大きく固くなっていた。

ズボンとショーツ越しだというのに、可南子は敏感な部分を擦られて子宮が疼くのを感じてしまう。

「あ、ダメ、そこ擦れて……」

可南子の言葉に、東雲は胸を持ち上げていた右手を離し、ズボンの穿き口から大きな手を差し込んでショーツの中へと潜らせた。

「……ああ、確かにもう、こんなにとろとろになってる。俺のに擦られて気持ち良かったの？」

可南子は答えられなかった。擦れて気持ち良かったのは確かだが、胸への刺激も大きかった。

「それともおっぱいを弄られたのが良かった？」

それにも答えられずにいると、東雲の太い指は可南子の花弁の間に差し込まれ、深い谷間を行き来し始める。

「わかる？　ここ、こんなに濡れまくってもう洪水みたいになってるよ？」

東雲の言う通り、彼に弄られているそこはいやらしい水音を立てていた。

「ほら、言って？　気持ちいいって。あなたの口から聞きたいんだ――」

懇願されるような声に、可南子はとうとう「気持ちいい、気持ちよすぎておかしくなりそう」

と本音を漏らしてしまった。

その瞬間、可南子の唇は東雲のそれで塞がれる。舌をねじとらんばかりの激しさで、獰猛なキスが続いた。可南子も彼に応えるように必死に舌を伸ばす。同時に乳首やクリトリスもぐりぐりと刺激される。唇と胸と秘所、三点を同時に激しく攻められ、可南子は一気に昇り詰めてしまった。

「ひぅん……っ！」

東雲の体の下でビクビクと激しく痙攣する可南子を、彼は柔らかく抱きとめる。

「可愛い。イっちゃったんだね。どこもかしこもこんなに嬉しそうに震えて……」

気が狂いそうなほど快感に支配され、可南子は荒くなってしまった呼吸を必死で整える。このままでは声さえまともに出せなかった。

「ねえ、このアイマスク取ってぇ……」

「どうして？　痛くはないだろう？」

「でも……だって……感じすぎちゃう……」

息も絶え絶えのまま、可南子は懇願した。視界を塞がれることで、脳は快楽に直結し、どこにも逃がす場がなかった。まるで暗闇で獣に襲われているような心地さえする。美味しそうに舐められて、食べられてしまうのを望む背徳的な生贄のようだ。

けれど東雲は拒否した。

「感じさせたいんだ。可南子さんをどこまでも俺に狂わせておかしくしたい。啼いているあなたも喘いで体を震わせているあなたもすごく綺麗で……いとおしい。だからもう少しこのままで……」

切なげな声に、可南子の声は喉で詰まってしまう。そんな可南子の様子に気付いていないのか、東雲は言葉を続けた。

「普段の仕事できりっとしているあなたや、休日の緩く腑抜けているあなたも大好きだけど……時々自分がおかしくなる。可南子さんをどこかに閉じ込めて、散々感じさせておかしくさせて、そんなあなたを俺の腕の中にずっと閉じ込めていたい。自分でもヤバいって分かってるんだけど、止められない……」

東雲の甘い声に幻惑されている隙に、彼は可南子の穿いていたズボンをショーツごと脱がし、足を大きく開いて持ち上げる。

「あ……」

何も身に付けていない陰部が東雲の目の前に晒されているのかと思うと、羞恥と期待で体が熱くなってしまった。

「ここ、綺麗にしてから挿れようね」

「え？」

言葉の意味を考える間もなく、濡れた襞の間ににゅるりと柔らかい感触が降りてきた。東雲の舌だ。そう気づいた時には、花弁を割って濡れた秘部を舐められていた。

「ひゃ、ダメ、今イったばっか……」

「どうして？　イったから綺麗にするんでしょ？」

「だってまた……ひゃっ！」

尖った舌が上部の包皮を剥き、隠れていたクリトリスを舐め始めた。

「や、ダメ、そこまたイっちゃ……ひゃあっ！」

東雲は淫粒を転がすようにペロペロと舐めると、唇で挟んでジュッと吸った。

「ぁあああん……っ！」

再びエクスタシーの波に呑まれてしまう。

「はは、可愛い。可南子さんのクリ、充血して完全に固くなってる。真っ赤で美味しそうだよ？」

耳から届く淫猥（いんわい）な言葉が、可南子の理性を粉砕していた。二度もイってしまったせいで、体中の力が抜け、上手く言葉も出ない。

「こっちも――」

またもや足の間に吐息が近づいたかと思うと、今度は蜜口を中心に、柔らかい襞の間を東雲の舌が泳ぎ始めた。

「やぁ、だめそんな、汚いから――」

「汚くなんかないよ。可南子さんのいやらしい蜜、えっちですごく美味しい」

「バカ！　バカバカバカバカ――！」

抵抗しようにも腕は脱ぎかけのルームウェアで拘束され、目隠しもとれず、太ももはがっちりと押さえつけられている。長い舌が可南子の肉襞の間を往復する度に、腰の辺りにゾワゾワとたとえようのない快感が溜(た)まりだし、意識を狂わせて四散させた。

「お願い、もう無理ぃ……っ」

鳴き声が細くなる。もうどう抗っていいか分からなかった。グスグスと泣きじゃくる可南子の頬に、優しいキスが降りてきた。

「こんな危ない男だけど……それでもまだ好きって言ってくれる？」

どこか不安げな声に、可南子はその言葉の意味を齧(かじ)り取りながら、小さくこくんと頷いた。

「本当に、あなたって人は……」

東雲はそう呟いたかと思うと、可南子の体をひっくり返し、うつぶせの状態で腰だけ高く持ち上げる。

「これで……これで最後だから、あと少し我慢して」

東雲は掠れた声でそう呟くと、可南子の蜜口にぴたりと何かを当てた。

——あ、くる。

そう気づいた瞬間、ずぷりと可南子の中に打ち込まれる。

「はぁん！」

アイマスクの中で視界がチカチカする。挿入されたのだと分かった。

「今度はこれで……あなたの奥まで可愛がってあげるから……」

両手で可南子の腰を支え持ち、思い切り穿(うが)たれた。

「ぁあっ！」

ずぶずぶと東雲の固い肉棒が蜜洞に打ち込まれ、その度にむき出しになった可南子の胸が大きく揺れる。パン、パンっと可南子の臀部と東雲の腰がぶつかる音が寝室に響き渡った。

「ほら、わかる？　可南子さんのココ、俺のを咥えて嬉しそうに締め付けてる。奥を突くたびにぎゅ、ぎゅっって離すまいとしてる」

「や、だって、はぁんっ、あぁあんっ」

内壁を擦る熱も、先端で奥を突かれて生じる快感も、狂おしく可南子を乱れさせた。

「あ、もダメ、イっちゃう――っ！」

三度目の荒波が可南子を襲おうとしていた。しかし頭の隅で何かが点滅する。東雲は避妊具を付けただろうか。目隠しされていたからよく分からない。そうしている気配があったかどうかさえも。

すると言っていた。避妊はちゃんとすると。打ち込まれた楔(くさび)の感覚だけではよく分からない。

「……可南子さん？」

微かな異変を感じ取った東雲が声をかける。

「ね、このアイマスクを外して？　繋がってるところが見たいの」

快感の波に揺られながら、何とかそれだけを言った。

「だめ、今日は付けたままで」

東雲も限界が近いのだろう。荒げた息で告げてくる。しかし可南子を襲った不安は消えなかった。東雲を信じたい。けれど前回の件が尾を引き、百パーセント信じきれない自分がいた。

「お願い、律、これを外して――」

それでも尚言い募る可南子を、繋がったまま体を仰向けにひっくり返し、細い体を引き寄せる。

しかしそこで限界に達したらしい。

「……くっ！」

はずみで深く穿たれた途端、東雲は果てた。可南子も同時に達してしまう。

はあはあと息を切らしながら、東雲はしばらく可南子の上で体を浮かせていたが、ようやく動けるようになるとずるりと分身を抜いてから、可南子の顔に付けられていたアイマスクを外した。

「……可南子さんが、見たかったのはこれ？」

東雲の手が、精液がたっぷり詰まった使用済みのコンドームを摘まんでいる。

可南子も息が整わぬまま、それを凝視していた。安堵と共に、東雲の少し翳（かげ）った顔が可南子の胸を切り裂いた。

「律、私……」

なんと言っていいか分からず固まっていると、東雲は頭を揺らし「まあ仕方ないよね」と諦めたような声を出した。そしてベッドから立ち上がると、「シャワーを浴びてくる」と言って立ち去る。

ベッド脇にあったゴミ箱に、口を縛ったコンドームが投げ捨てられていた。

4. 遠く離れることになっても

その後、東雲とは表面上、何もなかったような日々が続いた。
顔を合わせれば言葉をかけあうし、タイミングが合えば食事も一緒にする。
東雲は以前にも増して優しいし、可南子を丁寧に扱ってくれた。
それでも、二人の間を隔てる目に見えない壁を、可南子は感じざるを得なかった。

——私があの時信じきれなかったことが、律のことを傷付けた、よね……？

信じきれなかったのは本当だ。一度生じてしまったズレと、仲直りと思ったはずのセックスが思った以上に重たいものになった。
東雲の好意は可南子が思った以上に深く純粋で、嬉しく思う反面、少しだけ怖かったのも事実だ。今まで付き合ってきた男性とだって相応の甘い期間はあったが、あれほど狂おしく求められたことはない。

まるで母親の手を離すまいとする幼児のようですらあった。

東雲から家族の話を聞いたことはない。出会った時から一人暮らしだったし、東雲も話そうとしたことがなかった。もしかしたら家族仲があまりよくないのかもしれない。そう思うと迂闊に踏み込めず、いずれ正式に結婚となればその時に聞けばよいと思っていた。まずは当人同士の相性を測るのが先決だと思ったのだ。

しかしそうも言っていられないのかもしれない。

結局その後も平澤は『Access』の経理事務を以前通り続けている、というのは副社長であり実弟でもある弘輝からの情報だった。彼女が居辛くなっていないか少し気になっていたので、東雲からも変わりないと聞いて可南子は少しホッとした。
平澤は東雲に告白した後の一件以来、思うところがあったらしく、たまにお洒落（しゃれ）をしてオフィスに来るようになった。もっともあまり愛想がなくクールな印象なのは相変わらずらしい。
とは言え他の社員の反応があまりよくなかったらしく、結局外見のお洒落を楽しむのはアフターファイブにとどまるようになり、オフィスでは地味系に戻ってしまった。
『だってさあ、姉ちゃん。ウチはなんだかんだと女性慣れしてない野郎ばっかだもん。元々の律ほどは酷くはないっていうだけで……そんな職場にギャルとは言わないまでもお洒落な女子がいたら、みんな浮足立っちまうって』

弘輝からそう聞いた時は呆れて物も言えなくなったが、当の平澤自身もなんだかんだとその方が気楽らしい。本人が納得しているならそれ以上口出しは無用だろう。可南子は教えてくれた弘輝に礼を言って、すべて終わったこととして脳内ファイルを閉じた。

改めて東雲と一緒に暮らしてみて分かったのは、彼の行儀の良さだった。食事の所作や箸遣い、相手の会話を遮らない気遣い、持ち物の扱いの丁寧さなど、それらは東雲自身の育ちの良さを窺わせていた。本人にその自覚はないようだが、言い方を変えれば品がいい。

しかし食事や睡眠に関する欲は薄かった。放っておけば食事を忘れるのはしょっちゅうだったし、根を詰めれば寝るのも忘れる。

社長になってから渉外活動が増えたため、その辺りは調整しているようだが、やはり他者とのやり取りは苦手らしい。特に日本にありがちな接待トークは、意味が通じないらしくて弘輝にかなりフォローしてもらっていると言っていた。それでも外見が変わる前の彼から比べたら格段の進歩だろうと思う。努力を厭（いと）わない性格なのも、彼の長所だろう。

可南子自身は四人兄弟の一番上で、下に弟が二人と妹が一人いる。両親は共働きだったから、可南子が弟妹の面倒を見ることも多かった。

決して裕福とは言えないが、両親が子供を育てながらも働いていられたのは、同居していた父方の祖父母のおかげでもあった。それでも一軒家を買って兄弟全員ちゃんと進学させたのだから、両親の稼ぎも決して悪くないのだろう。心配性の母と楽天家の祖母の間で、時折意見の相違による諍い（いさか）が勃発することもあったが、概（おおむ）ね家族は上手くやってきたと思う。少なくとも可南子が見えている部分では何とかなっていた。

総じて可南子はややお節介な部分はあるものの、人付き合いで苦労したことはあまりなかった。八人という家族構成でバランス感覚が鍛えられたのは多少あるかもしれない。学生時代も友達には恵まれていたし、自立心旺盛に育ったのは生来の資質にプラスして、常に家族がいる状況から、たまには一人になってみたいという思いがあったのは否めない。

けれどそこから考えてみるに、東雲が家族に囲まれている様子はあまり思い浮かばなかった。もちろん成長の過程で思春期等もあるから一概には言えないだろうが、なんとなく学生時代から一人でポツンとしていた印象が強い。

ある日、機を窺いながらさり気なく聞いてみた。

「律のご家族ってどこに住んでるの？」

休日の朝、食後のコーヒーを飲んでいた時だ。

東雲は一瞬面食らった顔になったが、一瞬間をおいてから「天国」と答えた。

可南子は大きく目を見開く。

「全員？　亡くなったってこと？」

聞かれて、東雲は遠くを見る目になった。脳内で自分の記憶を検索しているのだろう。

「母親はどこかで生きてるはずだけど、俺が八歳の時に父親と離婚して出て行ってから一切連絡はないから、今、何してるかは知らない。もう顔もよく覚えてないしね。父親が亡くなったのは俺が……中一の時」

「病気か何か？」

「胃がんだった。なんとなく痛みはあったみたいだけど、仕事にかまけてたら取り返しのつかないところまできてて、そうだと分かってからは半年ももたなかった」

東雲のいい方はいかにも感情のこもらないもので、それ故に彼の孤独を感じさせた。

「じゃあ……その後は？」

「それからは父方の祖父に引き取られたんだけど、彼も俺が高校に入った直後に脳梗塞で倒れてから寝たきりになって、俺が高二の時亡くなった」

淡々と語られる思った以上に辛い過去に、可南子は言葉を失ってしまう。

東雲は更に遠くを見る目になった。

可南子は自分の祖母、琴絵の言葉を思い出す。

『可南ちゃん、脳梗塞って怖いのよ~。テレビで見たんだけどね、処置が遅かったりすると体に麻痺が起こったり最悪死んじゃうんだから！　だからおばあちゃんが倒れた時にはすぐに救急車を呼んでね！』

そう言いながら風邪ひとつひかない元気な祖母だったのだが。

「おじいさんが倒れた後に後遺症は――」

「左側に麻痺が残って……利き手側じゃなかったのが幸いだったけど」

「じゃあおじいさんのお世話は律がずっとしてたの？」

「全部じゃないよ。地域のケアマネージャーさんがヘルパーさん手配してくれたから、その人たちと一緒に。高校もなんとか通わせてもらってたし」

東雲の淡々とした口調が却って当時の大変さを思わせる。中学生やそこらの男の子が祖父の世話をしながら学校に行っていたのだろうか。東雲の年齢から逆算すると十数年前くらいの話だ。

ヤングケアラーの存在は今でこそ問題視されているが、東雲の頃はどうだったのだろう。

「結局祖父が高二の終わり頃に亡くなって……大学受験はもうほぼ諦めてたんだ。でもさっきのケアマネージャーさんがいい人でさ。『律君、成績はいいんだから、行けそうだったら大学行っときなよ』って言ってくれて。幸い祖父や父親の死亡保険も結構大きかったから、そっから猛勉強した。祖父もＩＴ系で、左手が麻痺してからのリモート作業は俺も手伝ってたから、そっち方面を勉強したら職に繋がるのかなって」

それは楽しい思い出だったのか、東雲の表情が明るいものになる。

「そうだったんだ……」

「今思えば、じいちゃん、俺の為に死亡保障高くしてくれてたみたい。俺を残して逝くのならせめて金だけでもって思ったんだろうな」

「——そっか」

先に逝かざるを得ないと気付いた時の、遺（のこ）された者への思いはどれほどだったんだろう。

「でもさ、いざ大学受かって行ってみたら、別世界で怖気（おじけ）づいたよ。なんせ同級生との付き合いなんてほぼなかったから」

そう言って東雲は苦笑する。それはそうだろう。体の不自由な祖父の面倒を見なければいけないのだ。学校が終わったらすぐに帰宅してたのではないだろうか。

「たまたまゼミのＯＢだった八柳さんに声かけて貰って。弘輝も紹介されて。『俺たちで会社作らないか？』って言われて『は？』ってなったけど、考えてみたら断る理由もなかったからね。実家を売り払ってここに移り住んだんだ」

「え？　実家は売り払っちゃったの？」

思わず声が出る。

「ああ。ちょうどその一帯の土地開発が進んでたから、ちょうどいいやって」

東雲の思い切りの良さに少し唖然とする。可南子の実家が誰もいなくなることは考えにくいが、それでも東雲の立場だったら、思い出を捨てきれずなかなか売ろうとはできないかもしれない。しかし裏を返せば、東雲にとってはそれだけ縁の薄い場所だったのかもしれない。そう思うと切なさがこみ上げてくる。

「『Access』を立ち上げてからヤバい時期はその時の貯金を使ったこともあるし、実際今の『Access』の自社株は俺が結構持っている。ここだけの話だけどね」

そう言って東雲はニヤリと笑った。

「え？　じゃあ、律が『Access』の筆頭株主ってこと？」

「まあそうなるかな。今後どうなるかはまだ分からないけど」

話題が『Access』のことになると、東雲は急速に『社長』の顔になる。経営者であり、会社を立ち上げてきた技術者の顔だ。自信に満ちていて、惚れ惚れするほどかっこいい。

「そっか。そうなんだ」

ぼんやり呟く可南子に、東雲は怪訝な顔を向けた。

「可南子さん？」

「なんでもないの。ただ……私、律のこと、なんにも知らなかったんだなあと思って」

分かっている気がした。いや、それ以上に目の前の彼だけで充分だったのだ。

しかし色々聞いてしまえば、彼が今まで恋人をつくろうとしなかったことや、可南子と出会ってからの刹那的な執着も、その辺の影響があるのかもしれないと気付く。そして何より本人が可南子にそう思われたくなかったのかもしれないとも思ってしまう。

「俺もあまり言おうとしなかったしね。この話をすると大抵みんな困った顔になるし。でも可南子さんが知りたいことがあれば何でも答えるよ？　まあ、社外秘以外ならね」

最後の冗談に可南子は頬を緩める。

「律ったら……」

久しぶりに和やかな空気が流れて可南子はホッとした。

「じゃあ、俺はそろそろ出社するから」

「あ、うん」

立ち上がった東雲を、玄関先まで見送った。

「ねえ、そう言えば律は？」

ふと訊いてしまう。

「ん？　なにが？」

「私について、何か知りたいこととかない？　家族のこととか学生時代のこととか」

可南子に問われて、東雲はう一んと視線を巡らせる。

しかし「今はないかな」とあっさり言われ、可南子は拍子抜けしてしまった。

「今は、可南子さんが目の前にいてくれたらそれでいい」

穏やかな笑顔で東雲は出て行く。

けれどなんとも言い難いモヤモヤが可南子の中に残る。


東雲は、可南子の過去には興味がないのだ。

小さなわだかまりを抱えたまま可南子は繁忙期に入ってしまった。年末年始は百貨店の掻き入れ時である。そこに出店しているメーカーも売り上げ倍増を目指しててんてこまいだ。営業の可南子は当然早い段階から企画を立てて動き始めるが、それでも実際に客と売り上げが動き出すと煩雑な仕事は雪だるま式に増えていく。販売員が足りない時は店頭に駆り出されることさえあり、まともに昼食が取れない日も続いた。
必然、朝は早いし夜の帰宅も遅い。
一方、販路拡大を始めた東雲も忙しくなっていた。今までは一般の人が使う、日々にちょっと便利なアプリが多かったのが、『Access』のアプリに目を付けた企業が連絡してきて本格的に企業的なシステムを開発し始めたのだ。そうなれば売り上げも当然段違いに大きくなる。と同時に、東雲の作業も急増していった。どれだけスタッフがいても、社長である東雲や副社長の弘輝にかかる負担は確実に増えていた。

互いに最低限の連絡は取り合うものの、ゆっくり顔を見て話す時間も無くなってしまう。

日々の忙しさに紛れてわだかまっていたことも直視できない状況に、けれど可南子は少しホッとしていた。しばらく現実を直視することから逃げたかったのもある。

東雲の大変だった過去に比べて、可南子のごくありふれていた普通の子供時代は、一種後ろめたさを可南子の中に生じさせていた。相手に合わせて不幸になることが正しいと思っているわけではないのだけど、少し時間をおいて、自分をクールダウンさせたかったのかもしれない。

しかしそんな可南子を甘いと嘲（あざけ）るように、とんでもない事態が待っていたのだった。

「ロンドンに転勤、ですか？　出張ではなく」
営業部長の楢崎（ならさき）に呼び出され、転勤の打診を受けて可南子は息を呑む。
「ああ。共同開発を進めている英国のアパレルメーカー『ナチュラルズ』との折衝役だな。できるだけリモートのやり取りや出張の範囲内で何とかしたかったが、やはり細かい部分となると現地に人がいた方がいいという上層部の判断だ。来栖、以前に海外勤務希望、出してただろう」

「え、ええ……」

と言ってもそれを出したのは入社したばかりの頃の筈だ。まだ自分に何ができるかもよくわからず、とにかく色んなことを経験してみたかった。

「でも『ナチュラルズ』の件って、二課の田宮さんが行ってたんじゃ……」

躊躇いがちにそう言うと、楢崎は渋面になる。

「それが……、向こうの顧問弁護士のひねくれた頑固さにとうとう胃に穴が開いたらしい。今、向こうの病院に通院してるが、動けるようになったら一旦日本に帰した方が良さそうだし、そうなると代わりが必要だ」

「はあ……」

ナチュラルズの顧問弁護士が扱いづらい人物だと、噂は聞いていた。しかし田宮も優秀な人材だったはずだ。

「一応後釜には五十嵐を予定しているが、あいつ一人では少し弱い。君がフォローについて欲しい」

人の好さそうな五十嵐の顔を思い浮かべ、部長の言葉に深く納得する。五十嵐は知識も豊富だしやり手ではあるが、肝心なところで押しが弱い。

「どうだ。やってくれるか」

デスクの上で組んだ、腕に顎を乗せた楢崎に上目遣いに訊かれ、可南子は言い淀む。

「……少しだけ、お時間を頂けないでしょうか」

一人の時なら恐らく即答していた。けれど今はそうもいかない。

「なんだ、歯切れが悪いな」

訝しむ楢崎に可南子はどう伝えようか言い淀む。

「実は……結婚を考えている人がいまして」

「あ？　生島は別の相手と結婚しただろう？」

いきなり隠していたことをずばりと指摘されて動揺する。

「ご存じだったんですか？　……じゃなくて、生島君とは別の人です！」

「……思ったより次が早かったな」

楢崎はデスクに視線を落とす。不穏な発言がひっかかったが、聞かなかったことにした。

楢崎は気を取り直したよう顔を上げる。

「あー、反対しそうなやつなのか？」

「わかりません。まだお互いに様子を窺っているというか……」

「パートナーの出世を阻むような男ならやめちまった方がいいぞ？」

口の悪い部長の、的を射た意見にしょっぱい笑みが浮かぶ。

「彼と話し合う時間が欲しいので、少しだけ時間をください」

「少しとは？　時間がないから具体的に言え。五十嵐は今月中に一旦引き継ぎに発たせるから。行くなら同行させたい」

楢崎のいうことはもっともだった。可南子の個人的な事情で会社は動いていかない。

「分かりました。私も彼もお互い多忙な時期なので、顔を合わせるために時間調整が必要です。一週間では」

「……よかろう」

「ありがとうございます」

深く頭を下げて、可南子はその場を立ち去ろうとする。

しかしふと思いついて振り返り、楢崎の顔をじっと見つめた。

「ん？　なんだ？」

「……邪推だったら恐縮ですが、生島君と別れたからこの仕事を私に振ってくださったんですか？」

楢崎は一瞬とぼけるように天井に目をやったが、あっさり諦めた。

「それもある」

「フリーの女なら動かしやすいと？」

微かに可南子の目が据わった。しかし楢崎は一向に動揺する気配もなく答えた。

「来栖が仕事に対してモチベーションが高いことを知っているから。もちろん、来栖の能力を買ってるのもある。お前は対人スキルも英語も強いし、仕事の勘やセンスもいい。仕事に打ち込めば嫌なことも忘れられるし、一石二鳥だろう？」

最後の楢崎の言葉に可南子は脱力してしまう。しかし概ね可南子の仕事を認めてくれているものでもあった。それは単純に嬉しかった。

「前向きに検討させていただきます」

だからそう締め括る。

とはいえ、このことに東雲がどう反応するかは全く分からなかった。

「ロンドン、ですか……」

さすがに東雲も驚いた顔になり、可南子はその事実に少しだけホッとする。あっさり「行けばいいじゃないですか」と言われるのも何となく怖かった。

「まだ打診の段階だけどね」

なんとか時間を作った夜のリビングで、ローテーブルをはさんで向かい合いながら、二人は深刻な顔になる。

「可南子さんは？　どう思ってるんですか？」

「正直迷ってる」

仕事自体には興味がある。海外での現場は刺激も多く、より多くのことが学べるだろう。しかし一度行ってしまえば簡単に帰れる距離ではない。何と言っても地球の裏側だ。いくら現代の交通事情や通信手段が発達したとしても、この距離ばかりはどうしようもなかった。

「任期は？」

「少なくとも半年から一年くらい」

そのあとの任期が伸びるかどうかは仕事の流れ次第だろう。既に異動が決まっている五十嵐はやはり妻子を置いて行くのだろうか。半年や一年の為に子供たちを転校させるのはかわいそうな気もするし、確か彼の妻も働いていたはずだ。

「一年、か……」

東雲はそう呟いて細いため息を吐く。

東雲とはプロポーズされた時点で結婚を前提とした付き合いだし、今もその気持ちは変わってはいない。しかし半年で済めばいいが、仮に一年以上離れて暮らしたらそれを維持できる自信はなかった。

『仲直り』の筈だった夜以来、それでもたまにセックスはしているが、それはまるで判で押したような行為に変わっていた。丁寧にキスや愛撫を施され、官能を高められ、挿入してイかされる。

東雲の動きはどこまでも優しく丁寧で、可南子を尊重し、その分どこか他人行儀な感じがしてしまう。以前のような狂おしさが抜け落ち、まるでご主人に奉仕する召使のようだとも思えてしまう。さすがに失礼すぎてそうは言えないが。

東雲の一種重たすぎる愛し方が可南子を不安にさせたのだから、彼なりの改善努力だと喜ぶべきなのかもしれないが、可南子には理想の恋人を装った演技のように感じられ、それはそれでなんて自分勝手な女なのだろうと、己の感情が疎ましかった。

「可南子さんは行きたいんだよね？」

東雲は一切の感情を排した顔で問いかける。

「正直に言えば興味はある。本場のウール製品やテーラーたちの技術に触れてみたい気持ちもあるし、そこにうちの商品をどんな風に展開させるかもやりがいがあると思う。ただ――」

可南子は言い淀んで表情を曇らせた。

「ただ？」

「あなたと今の状態で距離ができるのは、少し怖い」

それが偽らざる可南子の本音だった。一緒に住んでいてもどこかぎこちないのに、このまま地球の裏側にはなれてしまったらどうなってしまうのだろう？　絶対大丈夫と言える確信が、可南子にはもてなかった。

しかし今回のイギリス行きの件はあくまで可南子個人の事情であり、東雲が関与しているわけではない。いわば彼は第三者として振り回される側だった。

「急にこんなことを言ってごめんなさい。律だって忙しいのに……」

東雲が何と言うか、可南子には想像がつかなかった。考えさせてくれ？　それとも行かないでくれと言われるのか、婚約を解消されるのか。最悪別れを切り出されることもあるかもしれない。最近の東雲の淡泊さは、それさえもあると可南子に思わせていた。

大切にはされているが、以前より可南子への興味が薄れたような。二人の日常会話も、可南子が話すのを、東雲が相槌（あいづち）を打ちながら聞いているだけの感じだった。元々自分の話はしない男だったから、敢えて気にしまいとしていたのだが。

二人の間に沈黙が落ちる。東雲はじっと考えている様子だった。迂闊にその邪魔はできない。可南子はひたすら彼が話し出すのをじっと待った。

「……行ってくればいい」

十分に満たない沈黙の後、東雲から飛び出したのはそんな言葉だった。

「いいの？」

不安に揺れる心を抑えて可南子は訊き返す。

「いいもなにも、可南子さんのやりたいことを、俺が止める権利はないよ」

「それは……そうかもしれないけど」

東雲の言葉は正論だ。しかしどこか突き放されたような気がして、可南子は戸惑いを隠せない。

「結婚については――一旦保留しよう。今の可南子さんには負担が大きくなってしまうと思う。

単純に、作業量がね」

「……まあ、そうよね」

たかが紙きれ一枚。しかしその紙きれ一枚を提出した際に生じる様々な手続きが、新たな仕事に取り掛かる可南子にとって手間なのは確かだった。しかも外国からではままならないことも多いだろう。

家族にだって東雲の紹介や状況の説明が必要になる。東雲自身は天涯孤独のようだから省けることはあるかもしれないが、可南子側はそうもいかないだろう。

「簡単に会えなくなるのはもちろん寂しいけど、たまには帰ってこれるんでしょ？」

「ええ、まあ、それはたぶん」

さすがにしょっちゅうとはいかないだろうが、休みがないわけではない。海外勤務の社員は概ね家族を連れて行くことが多いが、中には単身赴任者もいてたまに帰国していたはずだ。

「じゃあ、それまで俺も頑張るよ。なにか手伝えることがあったら言って」

「ありがとう」

礼を言いながら、可南子は拍子抜けしてしまった。少しはごねるか揉めるかすると思っていた。こんなにあっさり東雲が承諾してくれるとは思ってもみなかった。

最初の頃の、痛いほどの盲愛ぶりはどこに行ったんだろう。それともやはりあれは、初めての恋愛にはしゃいで夢中になっていただけで、その後、色々揉めたことで憑き物が落ちてしまったんだろうか。ひとのことを女神とまで言っておいて。

それはそれで悔しい気がする自分がはしたないと、可南子は邪念を追い払った。

東雲が賛成してくれるならそれにこしたことはない。彼だって日々成長しているのだ。社長としての重責に耐え、仕事に勤しみ、その上で可南子を理解してくれようとしている。有り難いことこの上ないではないか。

「可南子さん？」

ぐるぐると考えていた可南子を、東雲が窺っている。

「ううん、なんでもないの。ただ――」

「なに？」

三秒迷ってから切り出した。

「もし離れ離れになっている間、婚約を解消したいようなことが起きたらすぐに言ってね？」

「どういう意味？」

本気で分からないらしく、東雲はキョトンとした顔になる。

「だから……他に好きな人ができたりとか？」

離れても想い合うということは、恐らく簡単なことではないのだ。ひとは流される生き物なのだから。ふとしたはずみで何が起こるか分からない。そばにいれば些細な変化に気付けても、会えない日々が続けばどうなるかは分からない。

「それって……可南子さんも他に好きな男性ができるかもってこと？」

しかし聞き返されて「それは絶対ない！」と返してしまった。

思ってもみなかった。可南子の中にあったのは、イケメンに変身して尚且つ社長として活躍する東雲に、アプローチする女性も多いだろうという懸念だった。

平澤の件はイレギュラーなものだったとしても、今後東雲にアプローチしてくる女性は少なからずいるだろう。今まで可南子しか知らなかった東雲が、更に魅力的な女性に出会って翻弄されないと言い切れるだろうか。しかも少し手ほどきしただけであんなに極上のテクニックを身に付けたのだから、あんな風に愛されたらどんな女性だってメロメロになるに違いない。

けれど東雲は可南子の即答に「良かった」と破顔する。

「本場の英国紳士に口説かれて、可南子さんがその気になっちゃったらどうしようかと思っちゃった」

東雲の無邪気な笑顔が可南子の胸を締め付ける。

――大丈夫？　彼はちゃんと私のことが好きだって信じていい？

可南子はテーブルの上にあった東雲の手をぎゅっと握って言った。

「できるだけメッセージ入れるしビデオ通話もしよう。休みが取れ次第、すぐ会いに帰国するから」

殊勝な声で宣言する可南子に、東雲は「うん。俺も」と微笑んだ。

「ロンドンに行きます」

そう伝えに行った時、楢崎は片眉を上げて可南子の表情を観察してきた。

「結婚相手は？　ごねなかったのか？」

「ええ。私がやりたいことなら行ってくればいいって、割とあっさり」

「その割には浮かない顔じゃないか？」

相変わらずの鋭い指摘に、可南子は渋い顔になる。とかくこの上司は鋭すぎる。

「そんなことはないつもりですけど」

「離れてたら浮気しそうなやつなのか？」

「いえ。それはないと思います」

約束したし。あとは東雲を信じるしかない。

「まあ何でもいい。こっちは仕事の成果さえ上げてくれたら文句はない」

「鬼畜上司……」

思わず横を向いてぽつりと呟いてしまったが、楢崎は片方の眉をちらりと上げただけで聞こえなかった振りをした。この上司が有能だと評価されている所以(ゆえん)だろう。

「まあ、できるだけ破局は避けろ。会社のせいでうまくいかなかったなんて言われたくないからな」

「そう思うなら定期的に帰国する飛行機代をお願いします」

自費で行き来していたらあっという間に給料がなくなってしまう。

楢崎はにっこり笑って「検討しておこう」と答えた。

結局楢崎の指示通り、月末には一度ロンドンに渡ることになった。その時はホテルを取り、仕事の引継ぎや住む場所の手配をする。

そうして一旦帰国してから改めて自分の荷物を送る手配を行った。と言っても家具などは付いていたから箱に詰めて送れる日用品や仕事道具が主で、大した量にはならなかった。

「フラットシェア？」

「そう。イギリス、特にロンドンはちょっとした部屋でも家賃がバカみたいに高いから、何人かでシェアして住むのが多いみたい。五、六部屋あるところでバスルームやキッチン共同、みたいな感じにね。日本の昔の長屋みたいな感じ？」

下見も兼ねて先行出張した際、日本との違いに驚いた。今のイギリスはEUから脱退したせいもあるのか、物価高騰がずっと続いている。

「だからって……可南子さんはあっちに知り合いも何もいないんだろ？　見も知らない他人とシェア？」

　さすがに東雲も剣呑な声になる。

「まあそれも割と普通みたいなんだけど、私は現地スタッフの女性にいい所を紹介してもらったから。いわゆる大家さん付きね。光熱費込みで共同部分の掃除は大家さんがやってくれるから多少割高になるけど、仕事で帰りが遅いことも多いだろうから掃除当番制より助かるわ」

　それを聞いて東雲の表情が少し和らぐ。しかし尚も詰め寄ってきた。

「大家さんは男性？　本当に信用できそうな人？」

　不安を隠さない東雲に、可南子は吹き出しそうになるのを堪える。

「女性よ。六十代後半のおばあちゃん。会わせてもらったけど、パートナーがなくなってから部屋を貸し出して生計を立ててるんですって。借りる部屋も——写真で見せたと思うけど、広いとは言えないけど綺麗で落ち着いた感じだった。シャワーのお湯もちゃんと出るしね」

　海外に行ってシャワーのお湯が出ないなんてざらにあることだ。その辺は今までの旅行や海外出張で可南子も分かっている。

「六十代の女性……まあ、それなら」

　東雲もやっと強張っていた肩から力を抜いた。

「個人主義の国だから、余計な干渉も少ないと思う」

「うん……」

東雲は渡航経験はない。知識は豊富だが、それでも見知らぬ世界に恋人が出て行くことに、今やっと不安が湧き出たらしい。

可南子は座って考え込んでいる東雲の肩を抱きしめる。

「向こうに着いたら写真や動画を撮って様子を知らせるわ。直接話すなら何時くらいがいいかしら。二人とも起きてそうな時間」

日本とイギリスの時差は約九時間。サマータイムだと八時間ほどイギリスの方が遅い。

「可南子さんが寝る前、俺が昼飯辺り？」

「そうね。それか律が寝る前で私が起きたくらいか」

「その辺はメッセで連絡しあって決めればいい」

「了解。あと――できればその日食べたご飯の写真を送って。できる範囲でいいから。私も送るから」

可南子の申し出に東雲は眉を顰める。ちゃんと食事をしているか、子供みたいに心配されたのが不本意だったのだろう。可南子自身、これでは恋人というより母親のようだと我ながら情けなくなる。けれどそれ以上に、すぐに食事や睡眠を忘れる東雲が心配だった。

「……大丈夫だよ。昼は弘輝がいればやつが率先して宅配頼んでるし。全然食べないなんてことはないから」

「それでも……メッセなしの写真だけでもいいから。ダメ？」

可南子がしゃがみ込んで上目遣いで頼むと、東雲は小さくため息を吐いて笑った。

「しょうがないな。可南子さんが送ってくれるのも楽しみにしてる」

顔を近づけて額を合わせる。

「約束ね」

可南子が囁くと、東雲は「忙しい時は無理しないで」と囁き返した。

そうしてバタバタと始まってしまった海外勤務は、思った以上の忙しさで可南子を迎えた。

そもそも生活の仕方から違う中でのスタートだ。初めの内こそ仕事が忙しくて細かいことを気にしている暇はなかったが、それでも小さなストレスは降り積もる。

現地の人間とのやりとり。考え方や習慣の違い。英語には自信があったが、それでも細かいニュアンスが伝わらず苦労することはある。旅行中ならまあいいかで済ませられることも、仕事となるとそうはいかなかった。

一緒に渡英した五十嵐も苦戦しているらしい。ランチやティータイムにしょうもない愚痴をこぼし合った。

「こっちってシャワーの水圧低いよね……まあ知ってたけど」

「そうなんですよねー。ある意味エコなんでしょうけど」

「トイレに洗浄機付けたいけど、業者がいつ来れるか分からないし、そもそも付くのかも分かんなくてさあ」

「分かりますー。冷たい便座、辛い……」

その辺は東雲にも軽く愚痴っている。けれど楽しいこともある。

「こっち、リス多いですよね。どんな公園にもいる気がする」

「いるねえ。僕、写メって娘に送ってるもん。動画も大喜びされるよ」

結局五十嵐は伴侶の仕事の都合もあり、やはり単身赴任らしい。

「紅茶は確かにどれでもどこでも美味しいけど……あらゆるボトル飲料水に炭酸入れるのはやめてほしい」

「あー……僕、この間買ったネクタージュースにも入ってたわ」

そんな軽い愚痴の日々の中でも、洋服屋の人間として、こちらの老舗ブランドに触れるのはやはり楽しかった。ファストファッションが席巻（せっけん）し、世界中のアパレル業界の主流になっているとはいえ、昔ながらの丁寧な織（おり）や縫製（ほうせい）で作られた衣服は、親子三代以上着られるというだけあって丈夫且つ上品で美しい。職人が減っていることもあり高価で手が出にくいのが難点だが、それでも失いたくない人類の文化の一つだと思う。

「この間見学させていただいたテーラーさんの手さばき、美しすぎてうっとりしました」

「あー、そういうのも絶対廃れさせちゃいけないよね。日本の職人さんももちろんだけど、弟子入りする若い人が増えてくんないかなあ」

「そう思わせるためにも素敵な服を提供しないとですよね」

「確かに。それが僕たちの仕事だ」

「はい」

なんだかんだと仕事は楽しい。良い商品を作り、流通に乗せ、欲（ほっ）する人に届けるのが可南子たちの仕事なのだ。東雲と会えないことを寂しいと思う暇もなく、目まぐるしい数か月があっという間に過ぎていった。

どんなに忙しくても、週に一回は東雲と話す。仕事が終わってＰＣ用のビデオ通話を立ち上げると、待ち合わせ時間前でも数分と待たず東雲が応じてくれるのが嬉しい。さすがに忙（せわ）しない日々の中で毎日必ず顔を合わせることは難しかったが、週末は休みを死守する国民性もあり、なんとかその時間を捻出できていた。むしろ忙しいのは東雲の方かもしれない。

「大丈夫？　疲れてない？」

それなのに東雲の第一声が毎回同じなのが嬉しくておかしい。

「大丈夫よ。そっちは？」

「ああ。まあまあかな」

そのまま他愛のない会話を交わす。大抵可南子が話しているのを、東雲が楽しそうに相槌を打つ感じだ。

可南子はライティングデスクではなく、元々部屋に備え付けられていたソファー用のローテーブルに自分のノートパソコンを置いて、一人掛けのソファーに身を沈めた。右手にはナイトキャップ用のスコッチがグラスの中で氷と共に揺れている。

「でね、その時のチャーリーが本当にこう、いかにも欧米人ぽく肩を竦めて叫んだわけ。『Too enough!』。そう言いたいのはこっちだよ！　って喉まで出かかったけど……」

「言わなかったの？」

「だから『あなたがうんざりなら上と直接交渉します』ってつい言っちゃって、とうとう今度本当にＣＥＯと会食することになったわけ」

可南子がブチ切れた話を聞いて東雲は笑い出す。一方可南子はしおしおと項垂れる。共同開発先である『ナチュラルズ』の弁護士、チャーリーはどうやらレイシストのきらいがあるというのがもっぱらの評判だ。しかもその噂は可南子たち邦人ではなく、イギリス人である現地スタッフの評価だった。

　彼は英国人スタッフとはとても友好的且つ紳士的に話すのに、日本人である五十嵐や可南子が出て行くと、途端に嫌味ったらしくなり、契約内容にケチをつけてくるのだ。前任者である田宮の心労の深さが窺える。

　蛇のようなチャーリーの意地の悪さには可南子も前任者の田宮同様胃に穴が開きそうになったが、幸いなことに大家であるエリザが作ってくれる食事が可南子の健康を維持させていた。彼女が作る甘いオートミールやクランブルの乗ったフルーツタルトは絶品で、朝食代を上乗せすることで毎日お世話になっている。しかしそれでも尚、募る思いがあった。

「はー、お米のご飯が食べたい……」

　東雲が相手だとついそんな本心が漏れる
「大家さんのご飯が美味しいのに？」

「美味しいよ？　美味しいけど……そこはやっぱ日本人だったんだなって」

　日本にいる頃は何でも食べられる自信があったし、実際好き嫌いもあまりなくどこに行っても平気な自信があった。だからこそ海外に出ることを全く厭わない部分もあったのだが、どうやら米は別格だったらしい。ただの白飯でいいから食べたくなってしまう。贅沢を言えば納豆か生卵をかけて。こんなことなら日本から来る時に炊飯器と米を持ってくればよかった。もっともその時はそこまで考える余裕もなかったし、『郷に入りては郷にしたがえ』の精神でイギリス食を楽しむつもりも大きかった。

『日本食も売ってるんでしょ？』

「あるけどやっぱ高いし……、それに生卵が食べられるのってやっぱ日本くらいみたい」

『あー、そうらしいよなあ……』

「これってやっぱあれかな。ホームシック？」

つい弱気になって零すと、二人の間に奇妙な沈黙が流れる。

十秒後、東雲はおもむろに口を開いた。

『今日は……隣の人はいないの？』

「うん。好きなアーティストのライブがあるって言ってたから、そのまま外泊コースだと思う」

東雲の言葉に可南子はもぞもぞと頬を染めた。

『――する？』

聊か頬を上気させ、色気を醸した顔で言われて、可南子は嫌と言えなかった。

イギリスに転勤して、可南子たちがついやってしまったのが、テレフォンセックスならぬビデオ通話セックスだった。

初めは冗談だったのだ。そんなのがあるらしいと。自分たちのように遠く離れて暮らしている恋人たちはそんなことをするらしいと。でも実際やるまでには勇気が必要だった。

そもそも、テレフォンセックスは漫画や小説の中だけのファンタジーの類だと思っていたのだ。

それに可南子は一人暮らしではなく、隣の部屋には住人もいて、いつ声を聴かれたりドアをノックされるか分からない。一応個室に鍵は付いているが、共同生活の中でえっちな声を恋人でもないただの隣人に聴かれるのは、さすがに恥ずかしすぎて耐えられない。

けれど隣室のティムはパーティー好きでよく外泊もしていたし、向かいの部屋の住人は田舎に引越したばかりで不在だった。大家のエリザは一階が寝室で、夜九時には寝てしまう。さすがに別の階の住人にはよほど大きな声を出さなきゃ聞こえないだろう。実際、普段の生活でも足音くらいしか聞こえないし。

——誰にも聴かれないなら？

その状況に後押しされるくらいには、可南子も溜まっていたのかもしれない。14インチのノートパソコンのモニターで、東雲の顔や手が見えると尚更(なおさら)、触れてほしい気持ちが募ってしまった。

「——したい」

恥ずかしい可南子のおねだりに、東雲は『じゃあ』とＰＣ用の眼鏡を外す。彼の瞳に欲望の灯がちらちらと揺らめいていた。

こうなることを秘かに期待して、ナイトガウンの下には薄いキャミソールとショーツしか身に

付けていない。

『どこを触ってほしい？　俺に触られてると思って自分で触ってみて？』

東雲の指示に従い、可南子はナイトガウンのあわせから手を入れて、もぞもぞと胸を触りだす。

『ダメだよ。胸を触るならちゃんとおっぱいも見せて』

静かだが有無を言わせぬ東雲の声に、可南子は思い切ってナイトガウンの前を開くと、薄いキャミソールを顎の上までずらして上げた。そして自分のむき出しになった胸を揉みしだく。

『ああ……可南子さんの胸だ。相変わらずいやらしくて綺麗だね』

うっとりする声に、可南子は陶然としてしまった。今、東雲の部屋の27インチのモニターには、可南子の裸の胸と、恥ずかし気にそれを触る可南子の姿が大きく映っている筈だ。

『分かる？　乳首がすごく紅い。もう固くなってる？』

「うん……固いよ」

『でも全然触ってないじゃない。ちゃんと指で摘まんで見せて？』

触らなくてもツンと上を向いた乳首は痛いほど固くなっている。

「あ、待って……こう？」

言われるがまま、両方の乳首を摘まんでぐりぐりと弄った。東雲の片手が伸びてモニターの下の方に消える。彼も自分の性器を触っているのだろうか。

『自分で触る可南子さん、すごくエロくて可愛い。もっと強く触って。俺の指だと思ってもっと強く』

「あ、あん……っ」

目を閉じて東雲の指を思い浮かべると、一層快感が強まった。東雲が今ここにいればいいのに。この場にいて可南子の乳首を吸ったりしゃぶったりしてくれたら最高なのに。

『想像してみて。俺が可南子さんの固くなった乳首を舐めて、おもいっきり吸うとこ。……ああ、俺も思い出しながらするから……』

東雲の声が艶を帯びる。僅かだがじゅぽじゅぽという音が聞こえた。彼も興奮しているのだろう。

「うん。舐めて、律。律に舐めてほしい……」

可南子の声に、東雲の顔が興奮して上気しているのが分かる。

『あと、あそこも触ってほしいでしょ？　俺の代わりに触ってくれる？』

「うん……」

可南子はショーツの中に自分の指を差し込んだ。

『どう、もう濡れてる？』

聞かれて可南子は真っ赤になる。

「そんなの言えないよ……」

『濡れてるんだね。濡れた音、ちゃんと拾ってスピーカーから漏れてる』

「うそ」

『本当だよ。ぐちゅぐちゅってえっちな音。ほら、クリの皮剥いて触ってるでしょ』

「や、律のバカ！」

図星を指されて思わず叫んでしまう。

『いいよ、そのままじごくと可南子さんの可愛いクリがぷっくり膨らみ始めるから……』

「あ、律、律……」

『固く膨らんだらきゅっと摘まむんだ』

「あぁんっ！」

東雲の指を想像しながら言われるままに動かしただけで、可南子は軽くイってしまった。

『……気持ち良かった？』

東雲の息も乱れている。

「うん……」

『じゃあ、今度は蜜口に指を挿れてみて』

「うん」

既に可南子は東雲がもたらす快楽の虜になっていた。東雲の指が可南子の蜜口に差し込まれる。

そう想像するだけで背筋が期待でゾクゾクする。

「こう……？」

『足を広げて……テーブルかソファーの上に脚を上げられる？』

「え？　やだ、そんな格好恥ずかしいよ……」

『大丈夫、低すぎて大事なあそこは見えないから。でも……モニターの下で足を広げてぐちゃぐちゃになっている可南子さんの姿を想像したいんだ――』

東雲に懇願されると弱い。可南子は言われるがまま、体を少し前に滑らせ、背もたれにもたれかかる格好で脚を上げ、ノートパソコンを置いたローテーブルの縁に爪先を置いた。

「こう……？」

相当に恥ずかしい格好だ。確かにこの角度なら秘部は映っていないだろうが、胸は下からあおるように見えているはずだし、可南子の手の動きも見えているに違いない。

『うん。それでいい。そんな感じで、可南子さんが気持ちいい所、触ってみせて』

自分が気持ちいい所。ぼんやり考える。東雲に触られたらどこも気持ちいい。

「あのね、律にキスされるのが好き。唇にも、胸やお腹にも」

『うん、してあげる』

「あとお尻とか太腿とか……」

『俺も、可南子さんの体を触るの大好きだ。いっぱいキスしてめちゃくちゃ舐めたい』

その言葉だけで彼の今までの行為と感触が蘇(よみがえ)ってくる。

「あとはあそこ……」

可南子は言いながら目を閉じ、東雲の指を想像しながら蜜口を探った。

「あそこって？」

東雲の声が少し意地悪になる。可南子は恥ずかしさを堪えて言った。

「ヴァギナ……舐められるのも弄られるのも好き――」

『ああ。可南子さんのいつものボディローションの匂いに、濡れた匂いが混ざるとすごくセクシーで堪らないよね。全部舐め尽くしたい――』

「舐めて、律――」

指を無茶苦茶に動かして濡れた音を立てる。

『舐めるだけじゃ嫌だ。もう挿れたいっ』

「いいよ、きて――っ」

画面の下にある東雲の手の動きが激しくなった。可南子の指の動きも激しくなる。

『イく。可南子さん、もう出る――』

歯を食いしばった声に、可南子も自分の絶頂が近いのを感じ取った。

「いいよ、律。イって――」

可南子の声と同時に、東雲は射精したらしい。モニターの中で肩をがっくり落とし、激しい息で体を震わせている。

『可南子さん、愛してる――』

モニターの中で、東雲が切なげに囁いた。

可南子はぐったりとソファに体を預けながら「うん、私も――」と囁いた。

しばらく息を整えてからビデオ通話を切り、軽く身なりを整えてシャワールームに向かう。今日は誰も使っていないらしく、エリザが掃除したまま綺麗で嬉しかった。基本的には使ったら使った人間が都度掃除することになっているが、それでも掃除の仕方に個人差が出てしまうのは如何(いかん)ともし難い。正直、何人かの洗い方は雑だった。

今日は浴室全体が綺麗なのをいいことに、久しぶりにバスタブにお湯を溜め、東雲との行為でかいた汗をシャワーで流しながら、お湯が溜まった浴槽に身を沈める。

さっきの恥ずかしい行為を思い出しながら、いつまでこんなことをしてしまうのだろうと、可南子は軽い自己嫌悪に陥っていた。よもや自分があんな変態的な行為をする人間だとは思ってもみなかったのに。

しかし東雲への欲望は、仕事の忙しさだけでは相殺することはできない。なまじ声を聴き、顔を見てしまうと、彼への想いは募る一方だった。決して精神的なものだけでなく。

――まあ、付き合ってまだ日が浅い時期にこっちに来ちゃったもんね。

東雲と出会って半年足らず、一緒に住んだのはそれよりも一か月少ない。結婚を前提とした付き合いだったとはいえ、色々と整える期間はやはり少なかったと思う。

深い関係になってから、東雲が初めてということもあり、最初は飛ばし気味になり、紆余曲折(うよきょくせつ)

あって節制気味になった。それでも少しずつ互いのペースが掴めるかと思ったら可南子の海外勤務である。

そんなこんなで当然欲求不満気味にはなるし、かといって誰でもいいわけではもちろんなく、結果としてのウェブセックスだった。

——律、呆れてないかな。

モニター越しに見る限りでは、東雲も思い切りその気になっていたと思うが、事後、自分のように虚しさや侘しさにおそわれていないだろうか。こんな思いをするくらいなら、いっそ直接触れられる身近な女性と、なんて魔が差したりしないだろうか。

もちろん東雲は生島とは違う。東雲を信じているし、可南子だって他の男性となんて微塵も思わない。

——それでも。

一抹の不安はいくら振り払っても残り続けた。

可南子は激しく自省し、バスタブの中に膝を抱いて沈み込んだ。

結局、件の弁護士はナチュラルズの顧問弁護士を解任された。

彼の言動がＣＥＯの耳に入り問題になったらしい。

明るいニュースとして東雲に伝えたら、彼は予想外に真面目な顔になる。

「気を付けて。見下した相手から予想外の反撃をされて仕事を失ったんだ。逆上して報復をしないとも限らない。仕事から帰る時はくれぐれも明るい道を通って。念のため、帰る時はこっちにメッセ送って。ＧＰＳで無事に帰るまで追いかけるから」

「そんな……考え過ぎじゃない？」

確かに解任されたことでチャーリーが憤慨しているだろうことは想像に難くない。逆恨みされるだろうことも予想できる。けれどどんなに偏見に満ちた嫌な奴でも、一応彼は弁護士で犯罪者ではない。

それなのに東雲の提案は、まるで犯罪者から守ろうとする過保護な親のようだ。

「もちろん、何も起こらないに越したことはないよ。ただ俺が安心したいだけだから……通信料が嵩むようなら俺が払うから」

「いや、レンタルWi-Fiがあるからそれは大丈夫だと思うけど」

東雲の申し出に、可南子は慌てて首を横に振る。けれど東雲は意志を曲げなかった。

「俺の為に、そうしてほしい」

あまりに真摯な顔で言われてしまうと、可南子も嫌とは言えなくなってしまう。

「分かった。律の言う通りにする」

「よかった」

安心した笑顔を見ると、満更でもなくなる。

「にしてもいるんだな。どこにでも厄介な奴が」

「本当よね。このまま単純に会わずに済むようになればいいけど」

可南子のボヤキに、東雲は何かを考え込む顔になった。

「とにかく何か変だと思う事があったらすぐに連絡して欲しい。時差とか一切気にしなくていいから」

「え、でも……」

「いいからそうして」

「う、うん」

どこまでも真剣な東雲の声に、可南子は少し狼狽しつつも素直に頷いた。

「それで、そのCEOとの会食はいつだって？」

「えーと、来月の頭。向こうも忙しい人だしね」

「そっか。その頃なら何とか……」

「え？」

「いや、なんでもない」

東雲はまるで可南子を安心させるようににっこり微笑むと、「じゃあ、お休み」と通話を切った。

『律、久しぶりだなあ！』

スマートフォンの向こうから懐かしい声が聞こえた。

「八柳さん、久しぶりです」

『どうだ？　社長業は板に付いてきたか？　弘輝から色々面白い話は聞いてるが』

「やめてください！　あいつは話を面白く盛りがちだから――」

通話口で豪快な爆笑が響く。

『で、どうした？　滅多に連絡してこないお前がかけてくるってことは大事な用か？』

東雲は八柳の勘の良さに苦笑する。豪快に見えて観察眼が鋭い男だった。

「実は、八柳さんの顔の広さを当てにして聞きたいことが――」

東雲の話を聞いて、八柳はうーんと唸りだした。

その後、東雲に言われた通り、可南子は帰宅時彼にメッセージを入れるものの、直接話す機会

はあまりなかった。東雲が忙しそうだったのだ。

「大丈夫？　ちゃんと寝てる？」

そう聞いても「大丈夫」と言うだけだった。

可南子はだんだん不安になってくる。自分が重荷になっているんじゃないだろうか。チャーリーの気配だってほぼない。自分のために東雲が抱く不安は、彼の負担になっていないだろうか。

けれど、彼にそう聞いてみたところで「そんなことないよ」と言われておしまいだった。

5. 忍び寄るもの

冬が近付いているせいか、今日のロンドンの天気はどこか薄暗い。というより元々通年曇りが多い国なのだが。

「ミズ・来栖。浮かない顔ですね。何か心配事でも？」

『エルム』との共同開発を進めていた『ナチュラルズ』のCEOディビッド・エヴァンスは、定期的に歯医者でクリーニングしてるであろう真っ白に輝く歯を見せて微笑む。五十代半ばと聞いているが、いかにも英国紳士然とした、気品と知性を感じさせながらも若々しさを失っていない魅力的な男性だった。

『エルム』と『ナチュラルズ』のメンバーが入り混じる会食のランチは、いつも五十嵐や他のスタッフも同席して二人きりになることはまずないのだが、今回に限り五十嵐が別のトラブル案件に駆り出されてしまった。

さりとて今回はいつも多忙なディビッドからの、珍しくも直接の誘いだったから断るわけにもいかず、結局可南子とディビッドだけである。どうしても多少の緊張は免れない。

店のスタッフもいるからセクハラ的なことはあるまいが、可南子にとっては大物過ぎる相手だった。

「いえ。なんでもありません。ちょっとお天気のまねをしていただけですわ」

慣れないジョークで切り抜けた。

「君ほどの美人なら少し曇った憂い顔も男をそそるのに十分だな」

しかしディビッドは紳士らしく、気の利いた声で返してくれる。もっとも――。

「その言い方、セクハラになりますよ？」

可南子がいたずらっぽい笑みで言うと、ディビッドはさも仰々しく肩を竦めた。

「あー、昨今は本当に女性を褒めることもままならんな」

「私も会長に褒めて頂けるなら軽々しく喜んでしまいたいのですが、コンプライアンス的にはＮＧでしょうね」

可南子の牽制に、ディビッドは口元を緩めた。

「君のユーモアセンスは日本人にしては悪くないな」

前菜のサラダが終わり、皿の上の鱈（たら）のクリーム煮を器用に切り分けながら、ディビッドはふふんと笑う。

「おかげで……うちの弁護士がしていた恥ずべき行為も、素直に謝ることができる。ミズ・来栖、今まで嫌な思いをさせて悪かったね」

手の中のナイフとフォークを置き、頭を下げたのを見て可南子はギョッとした。

「それは……あなたはご存じなかったわけですし」

『ナチュラルズ』の顧問弁護士の一人であるチャーリーが、アジア系外国人に偏見を持っているのはすぐに気付いた。隠す気もなかったらしく、言葉の端々に表れていたからだ。

しかし彼の偏見は国籍によるものだけではなかったらしい。まだ学生だった頃、留学に来ていた日本人女性に弄ばれてフラれたというのが真相のようで、『エルム』のスタッフの中でも女性である可南子は執拗（しつよう）な嫌がらせを受ける羽目になった。

結局彼の大人げない嫌がらせがCEOであるディビッドの耳に入り、チャーリーはあっさり契約を打ち切られることになったのだが。

「そういうわけにはいかない。仮にもチャーリーは私の配下だったのに、彼の愚行を止めるのが遅くなってしまった。本当にすまない」

「もう気にしていません」

「本当に？」

「ええ」

「それは君が寛大さを示すチャンスだということかな」

可南子は何と答えようか暫し迷う。

チャーリーに嫌がらせまがいのことを受けたのは確かだ。しかし言ってしまえばその嫌がらせは陳腐なものばかりだった。五十嵐のような男性相手ならまだ軽い嫌味程度で済んでいたが、可南子に対して徹底的に無視していた。

視線を合わせない。話しかけても答えない。まるでその場にいない者のように扱われた。

それなのに欧米人の男性相手ならどこまでも愛想がいいし知的な紳士然と振舞える。まるで二重人格者を見ているような気がしたものだ。当然だが、ディビッドの前でもそうだったのだろう。

「こういうと変かもしれませんが……チャーリーは、日本にいる私の恋人に少し似ていました」

ん？　とディビッドは片方の眉を上げる。

「私の恋人は——、仕事に関しては有能で、驚くほどの処理速度の持ち主ですが、対人関係に関しては……シャイで不器用です。チャーリーは私を嫌って無視していたんでしょうが、何と言うか……感情が過剰反応しやすいところが少し彼に似ていて……憎めない気がしました。恐らく彼が今の私の言葉を聞いたら頭から湯気を出して激怒するでしょうが」

本人の資質と無関係なところで不愉快な扱いを受けたことは許していない。所詮人が差別する生き物だとしても、チャーリーのやり方はフェアではなかった。

しかし既に彼は解雇されている。今更不平を漏らしたところでしょうがない。

そしてディビッドに告げたことも嘘ではなかった。時折チャーリーが見せた可南子に触れまいとする時の硬い表情は、少しだけ東雲を思い出させたのだ。初めての恋に、驚くほどの執着と不安を見せた東雲の頑(かたく)なさを。

ディビッドはしばらく目を見開いたまま可南子を見つめたが、やがて何度かテーブルを指でコツコツ叩くと小さく息を吐いて微笑んだ。

「ミズ・来栖。君は私は思っていた以上に聡明(そうめい)な女性のようだ」

「……ありがとうございます。あなたにそう言って頂けるのでしたら光栄です」

可南子はゆるりと微笑む。大企業のトップに褒められて、悪い気はしない。

「チャーリーは亡くなった父の名付け子の一人でね、両親が離婚してからずっと男子寮がある学校で育ったんだ。私も彼が優秀で努力家であると知っていたから雇ったんだが……」

言いかけてディビッドの眉間にしわが寄る。

「彼が弁護士として『ナチュラルズ』と契約した後、言い寄ってきたのがアジア系の女性だった。パッと輝くばかりに明るくて……」

そこで言いよどむ彼に助け船を出す。

「私に似てましたか？」

「……それ程ではないと思うのだが、私達欧米の人間から見たら似ては見えるかもしれないね」

なるほど。

チャーリーが可南子に向けた憎しみは完全な逆恨みということだ。呆れるのを通り越して哀れさを感じるが、ここでそれを言っても始まらないだろう。

「なんにせよ過ぎたことです。プロジェクトは無事に進み、共同開発契約も問題なく締結(ていけつ)されました。今後、日本でも『ナチュラルズ』の商品が流通の波に乗るのかと思うと今から楽しみです」

そして無事に締結が済めば日本に帰れる。今度こそ心からの笑みが零れ出た。

「ああ。こちらでも『エルム』の良質な商品が継続的に並ぶことになる。楽しみだね」

なりゆき上とは言え大物と差し向かいの会食ランチを終えて、可南子は思い切り深く息を吐く。

正直、粗相があってはまずいとずっと緊張が続いて肩がガチガチだった。しかしどうやら今日のランチはCEOの可南子個人に対する謝罪が目的だったらしい。謝罪、もしくは水に流してくれという無言の要望。

もちろん可南子とてことを荒立てる気はないから、今まで気づかないふりをして流してきたのだ。個人的な妄執で会社の損益を左右するわけにはいかない。もっとも二度とチャーリーに会わずに済むと思うと心の底からホッとするが。彼にも同情できる点はあったのかもしれないが、それでも迷わず憎しみをぶつけてくる相手とは極力会いたくない。

オフィスに戻って会食の結果を五十嵐に報告すると、可南子は午後休をとって職場を出た。

ずっと働きづめだったので五十嵐も快諾(かいだく)してくれた。

久しぶりに何にもしたくなかった。

オフィスを出る時に東雲に半休を取って帰宅する旨メッセージを入れたが、珍しく既読が付かなかった。もしかしたら会食か会議が入っているのかもしれない。あるいはシャワーでも浴びているか。

どちらにしろまだ明るい時間帯だ。そう心配することもないだろう。

——律に会いたいなあ。

地下鉄を抜け、アパートに帰る道すがら、曇った空を見上げながらそう思う。

仕事はやりがいがあったし、困難が多いほど燃えるタチだ。そしてプロジェクトはほぼ成功した。もちろん可南子だけの力ではなく、現場の多くのスタッフの努力の結果である。

とは言え、東雲に会いたい気持ちはずっと燻(くすぶ)っていた。

彼の声が聞きたい。顔が見たい。温かい体に触れ、睦み合いたい。

メッセージのやり取りが少なくなっても、——否、会えない辛さを忘れるためにやり取りの減少を見ないふりしていたが、もう限界に近かった。

アパートに帰る前、いつも立ち寄るカフェでコーヒーを頼みながらその旨をメッセージに打って送信した。ディビッドとの会食が終わったことで開放的な気分になっていた。

しかし東雲の既読は付かない。

――今はサマータイムだから、時差は八時間。もう寝てる？　それとも仕事に没頭してるのかな。

既読がつかないメッセージを何度か見直しつつ、諦めてスマートフォンをしまう。

まだまだ陽は高く明るい。

だけどこのまま帰ってバスルームにお湯を溜め、ゆっくりお湯に浸かって昼風呂の背徳感を味わおう。溜まっている洗濯物のことも忘れ、そのままベッドに飛び込むのもいい。とにかく仕事のことは一切忘れて深く眠るのだ。それから改めて東雲とのことを考えよう。

浮かれ気分でそんなことを考えていたから、建物の陰から現れた人物に、気付くのが一瞬遅れた。

「――ミズ・クルス？」

現れたのは、先ほどディビッドとの会話に上がっていたチャーリー本人だった。しかしいつもきちっと決めているスーツが、今日はだらしなく撚れている。

「ミスター・チャーリー？　何の御用ですか？」

「――ああ、そう警戒しないで。謝罪に来たんだ」

「謝罪？」

思ってもみなかった言葉に驚いてしまう。

「ああ。今までの非礼を詫びたいと思ってね。少し時間をくれないか？」

今までと打って変わった媚びるような声に、可南子の警戒心がむくむくと湧き上がってきた。

「……そういうことでしたら、会社を通してアポを取ってください。こんな場所で個人的にお会いするのが適切だとは思えません」

可南子の言葉に、チャーリーは一瞬イラっとした表情を見せる。しかしすぐにそれを打ち消すと、再び愛想のいい表情に戻った。今まで可南子には一度も見せなった表情だ。

「もちろん適切でないのは分かっている。君に迷惑をかけてすまないともね。しかし『ナチュラルズ』の契約を打ち切られた私には正式にアポを取る手段がないだろう？　それに取れたとしたって君が断ればそれで終わりだ」

「それは……」

そうかもしれないが、自業自得だろう。正直可南子としては二度と会いたくない相手なのだが。

「とにかくほんの少しでいいんだ！　話を聞いてくれ！　頼む！」

頭の中では警戒音がガンガンなっている。ここは無視して帰るべきだ。そう思う。

しかし会食の際に聴いた、彼の不遇だったかもしれない少年時代がちらりと頭を掠めて、東雲のそれと重なってしまった。

親の離婚によりずっと寮で暮らしていた少年。言い寄ってきた女性にフラれ、偏見に凝り固まった哀れな男。今も頼みの綱だったディビッドとの繋がりを、何とか修復したくて可南子に会いに来たのだろうか。

楽観的なバイアスが働いたのは、もうすぐ東雲に会えるという浮かれた気分だったかもしれない。

「……分かりました」

可南子は少しだけならと、チャーリーに付き合うことを受諾した。

「パブがいいかな。それとも公園（パーク）？　確かそこを右に曲がってツーブロックほど行けば公園があったが」

訊かれて迷う。パブの方が人目があっていいかもしれないが、先ほどカフェでコーヒーを飲んだばかりだった。それにこの男と並んで酒を飲もうという気にもならない。できればこのまま消えてほしかったが、彼にその気は全くないだろう。

また、イギリスで公園と言えばいわゆる日本の子供向け遊具がある場所でなく、広い芝生があり、散歩やピクニックを楽しむ場所をさす。平日の昼間だが、まだ明るいから利用者はいるだろう。安全なのはそっちかもしれない。

「じゃあ、公園で」

「分かった。行こう」

チャーリーは、先だって歩き出し、可南子は念のため、鞄（かばん）の中に入れてあったスマートフォンの録音機能を起動させ、仕方なくその後を追った。

「待ってくれ、ちょっと靴紐が——」

不意に屈みこんだチャーリーの後ろで、可南子は立ち止まる。公園に向かう道はさびれた裏通りでひとけがなかった。

「大丈夫ですか？」

声をかけながら、可南子はそのまま逃げだしたい衝動に駆られた。この男と心底一緒にいたくなかった。

「あの、やっぱり私——」

帰りますと言いかけて、立ち上がったチャーリーと目が合う。その目は血走り、狂気を帯びている。

「靴ひもを結び直す時間もくれないのか？」

ゆっくりと、しかし恫喝を滲ませて話す彼に、背筋が凍った。やはり付いてくるべきではなかったのだ。

「チャーリー、私は……」

じりじりと後じさりながら、可南子はどう切り抜けようか必死で考える。大声を出せば誰か気付いてくれる？　しかしロンドンでは強盗も珍しくない。危ないと思えば見ぬふりをするかもしれない。

考えている間にチャーリーが胸元から取り出したのは、刃が飛び出すタイプのジャックナイフだった。歪な笑みが彼の顔いっぱいに広がる。

「本当にな、もっとさっさとこうすればよかったんだ。海外から来た旅行者が行方不明になることなんてよくあることだ。お前もさっさと俺の前から消せばよかった」

可南子の脳裏を怒りと恐怖がぐるぐると回りだす。

「私に何かあれば、『エルム』のスタッフやひいては大使館が黙っていないと思いますが」

とにかく時間を稼がねば。時間を稼いで勝機を見つけるのだ。

「なーに、外国に来てはしゃいだ女がちょっと自分の国では味わえない危険な遊びに興じるのはよくあることだ。ドラッグを飲ませて散々犯してから、こいつで腹を裂いてライブハウスのトイレに捨ててくればいい」

言いながらチャーリーは光る刃先を可南子に向けてくる。

その時、可南子のバッグから振動が聞こえだす。スマートフォンが鳴ってるのだ。なかなか切れないところを見るとメッセージの着信等ではなく電話の着信だろう。

「出るなよ？」

低い声でチャーリーが囁く。

可南子は僅かに首を縦に振った。逆らって余計なリスクは増やしたくない。しかしなかなか振動は消えない。外部から生じたアクセスが、可南子の心に僅かな落ち着きを取り戻す。とにかく逃げなきゃ。走って逃げられるだろうか。今日はランチとは言えＣＥＯとの会食だったのでヒールを履いてきてしまった。いつもならスーツでもスニーカーなのに。

考えてもしょうがない。可南子はヒールから足を抜いた。

可南子が逃げようとしているのが分かったのだろう。チャーリーが間合いを詰めてきた。

「この日本女！」

走り出そうとした可南子を後ろから羽交い絞めにし、頬にナイフの刃を突き付ける。

「お前が悪い。お前が悪いんだ。お前が俺のことをディビッドに告げ口するから……俺は職を失って、これからどうすればいい？」

知るか、と思ったが声は出なかった。彼の、一種優しい物言いが却って恐怖を煽っていた。

「分かるだろう？　俺から逃げようとするから悪いんだ。心を入れ替えて俺から逃げないと誓えよ、なあ、アヤカ、アヤカ――」

――アヤカって誰？　昔こいつをフった女？

「私は可南子よ。アヤカじゃない」

「うるさい！　黙れ！」

気が付けば彼の性器が可南子の臀部に押し付けられている。勃起しているのが分かって更に気分が悪くなった。このまま犯されるのだろうか。嫌だ。絶対嫌だ。

可南子は死に物狂いで自分の体に回っていたチャーリーの腕に噛みついた。

「ってぇ！」

そして一瞬彼が怯んだ隙に、もがいて腕の中から抜け出そうとする。しかし男の力は強く、可南子の体が解放されることはなかった。そのまま地面にうつ伏せに押し倒される。

「ふざけやがって、このアマぁ……！」

チャーリーの顔は憤怒に狂っていた。右手に持ったナイフは、可南子の襟首を掴みながら頬に当てられたままだ。

そのまま振り上げた左の拳が可南子の頭部めがけて振り下ろされる。

――殴られる。

そう思って目をぎゅっと閉じた。もうどうしていいか分からなかった。死にたくない。こんなところでこんな男に殺されたくなんかない。

――律、律、律！

しかし恋人の名を心の中で叫びながら目を閉じた数秒後、可南子の上にのしかかっていたチャーリーの体重が不意に軽くなる。

可南子は恐る恐る目を開けると、信じられないものを見た。

「律！」

東雲がチャーリーの腕をひねり上げていた。後ろにもう一人、固太りの大きな男がチャーリーの体を押さえるのを手伝っている。スーツ姿ではあるが身のこなしが素人ではなかった。

「可南子さん、抜け出せますか？」

「え？　あ、うん！」

東雲ともう一人が二人がかりでチャーリーを押さえている間に、可南子は何とか彼の下から這いずるように抜け出す。

「警察へ電話を！」

「はい！」

急いでバッグからスマートフォンを取り出すと、画面には東雲からの着信表示が入っていた。しかし今はその理由を考えている暇はない。

可南子は急いで九を三回タップする。

『はい。救急車と消防車、どちらですか？』

一瞬かけ間違えたかとヒヤリとするが、こちらでは警察も緊急通報番号は同じだったことを思い出した。

「警察を。道端で男に襲われました」

『分かりました。今いる場所を――』

可南子は目につく通りの名とブロック番号を伝える。受話器の向こうではそのまま切らずに警察の到着を待つように指示された。

地面にしゃがみ込んだまま改めて東雲の方を見る。

「離せ！　この×××野郎‼」

チャーリーはこの上なく下品な言葉で東雲を罵っていた。

「お前も日本人か？　そうか、あの女の恋人だな？　安心しろ、あの女はもう俺の×××でアンアン啼かせた後だ。すげえよかったぜ、あの女の×××は」

聞くに堪えない罵詈雑言に、東雲はチャーリーの胸ぐらをつかむと、無言で頬に拳を叩きつける。いつもの東雲からは想像もつかない凶暴さだった。続いて二発、三発と殴ろうとしたが、後ろにいた大きな男に止められて冷静さを取り戻す。

東雲は捻り上げたチャーリーの腕からナイフを取り上げて遠くに放り投げると、意識を喪失しかけているチャーリーをうつ伏せにしてのしかかり、彼の両手首を引き抜いたネクタイで固定してしまった。

そこまですると、初めて可南子の方に向き直る。

「大丈夫？　怪我してない？」

「してない、けど……なんで律がここに――？」

可南子はいまだに目の前の光景が信じられなかった。だって東雲がここにいるはずはない。彼は日本にいて、仕事で多忙を極めているはずだ。少なくとも可南子はそう思っていた。

しかし可南子の問いかけに東雲はきまり悪そうに顔を顰める。

「実は、八柳さんのツテでずっと可南子さんに護衛をつけてたんだ。彼がそのマイルズ」

東雲はチャーリーを拘束している男を視線で示して可南子に紹介した。マイルズは可南子の方を一瞥すると、片手を上げて簡単に挨拶する。可南子もつい条件反射で小さく会釈した。

「で、マイルズからここのところ怪しい動きをする男がいるって聞いて……どっちにしろ今日ロンドンに来るつもりで仕事は前倒しにしてたんだけど」

「え？　え？」

突然の彼の言葉に、可南子は思考が追い付かない。護衛？　チャーリーの話をしてからずっと？

「少し前に空港に着いたからマイルズに空港まで迎えに来てもらったんだ。可南子さんの仕事が終わるまでまだ時間があるからと思ったんだけどそれが……ごめん、こんなことに……」

——え？　それじゃああんなに忙しそうだったのは、私に会いに来るためでもあったの？

「そうなんだ……。でも、ここの場所は——」

「可南子さんのスマホのＧＰＳはマイルズもずっと追跡してたからね。飛行機降りて衛星通信が繋がるようになってからスマホを確認したら今日は半休を取ったって見て慌ててマイルズと一緒に彼の車で駆けつけた」

呆然としてマイルズの方を見ると、彼は口の端を上げてニヤリと笑う。

「君は幸運な女性だよ、ミズ来栖。君の安全の為に大金を惜しまない恋人がいるんだからね。もちろん僕は報酬相応の実力を備えているわけだが」

いかにも英国人らしい物言いに、可南子は肩から力が抜ける。

そうか、東雲が自分を守ろうと色々画策してくれていたのだ。秘かに護衛をつけ、可南子の動向を見守ることによって。確かにマイルズの動きは敏捷で、頭もよさそうであり、自分で豪語するだけの実力はありそうだった。

今回、動きが遅れたのはイレギュラーな状況が重なったからだが、それでもすんでのところでピンチは切り抜けたし、何より東雲を可南子のもとに連れてきてくれたのは僥倖だ。

「ありがとう、律。ありがとう、ミスターマイルズ」

微笑んだ可南子に、マイルズは「sure」と短く答える。

そんな和やかな会話を断ち切ったのが地面に押さえつけられていたチャーリーだ。

「おい、ジャップ」

倒れ伏したままでチャーリーは話しかけてくる。殴られた顔は青痣になっていた。

「俺は弁護士だ。このままじゃおかないから覚悟しとけよ?」

最後の負け惜しみだろう。それとも挑発して手を出させて、過剰防衛を狙っているのか。

「そうはさせない。あなたが私を公園に連れて行こうとしたところから、全部会話は録音しているから」

可南子は自分のスマートフォンを取り出して振ってみせる。今は警察と通話が繋がっているから再生は不可能だが、十分な証拠物件になるはずだ。

「この、アバズレが……！」

ぎりぎりと歯ぎしりをするチャーリーに、再び東雲が殴りかかろうとするのを片手で留めて、可南子は彼を見下ろしながら言った。

「黙れ、この下種」

思い切りドスを利かせたら、マイルズがヒューと賛美の口笛を吹く。

東雲がチャーリーの靴を脱がせ、靴下を丸めて口の中に突っ込むと、うめき声は聞こえたが不愉快な発言は聞こえなくなった。

辺りがようやく静かになったところで、可南子はやっと東雲に抱き着く。

「怖かった……。助けてくれてありがとう……」

涙声になりながらそう告げると、東雲もぎゅっと抱きしめてくれる。そこでやっと可南子の恐怖が解け始めた。

「よかった。あなたが無事で……」

東雲の声も僅かに震えている。

気の利くマイルズは、二人から視線を逸らしてチャーリーの背中を踏んづけてくれていた。

遠くから、パトカーのサイレンが響き始めていた。

警察が到着するとチャーリーはそのまま連行され、可南子は念のために病院に連れて行かれて診察を受ける。

羽交い絞めにはされたが、ナイフは突きつけられただけだったので幸いケガはない。しいて言えば、チャーリーにのしかかられて這いずり出る時、足に擦り傷を作ったくらいだろうか。残念ながらストッキングは悲惨な有様になっていたが。

五十嵐にも連絡し、彼からディビッドにも事の次第を伝えてもらう。ディビッドはすぐさま可南子に弁護士を派遣してくれていた。

その後、警察で調書を取られることになったが、可南子が念のために起動させていたスマートフォンの録音機能がここで役に立つ。チャーリーの発言は全て鮮明に再生された。それに加え、東雲はチャーリーの今までの素行もマイルズに調べさせていた。チャーリーの少なくない倫理に反する言動の証拠はいくらでも集まったという。これで下手な言い逃れはできないはずだ。

様々な手続きを終え、警察署を出る頃には夜になっていた。

病院にいる間も警察署でも、ずっと傍(そば)にいていてくれた東雲が「このまま俺が泊まる予定のホテルに来ない？」と訊いてくる。

「ホテル？　近いの？」

聞けばテムズ川の北岸にある、世界的に有名な五つ星ホテルである。

「そんな高級ホテル!?」

驚いて大きな声をあげたら、東雲は困ったように微笑む。

「交通アクセスが一番良かったから……数日だけだしね。それに可南子さんと一緒に泊まるつもりだったから……」

そこで少し照れたような顔になった。

「ごめん、可南子さんの都合を聞いてからとも思ったんだけど、言えば遠慮して断られそうな気がしたから」

東雲の言う通りだった。可南子は変なところで貧乏性なのだ。

倹約家だった両親の影響が大きいかもしれない。アパレル勤めとして、自分で稼いだお金で質がいいものを買うことにはもう慣れたが、それでも誰かに、自分の為に大金を払って貰う事には抵抗がある。どうしても借りを作るような気がしてしまうのだった。

生島と付き合っている頃も、この点については何度か険悪になった。クリスマスや誕生日に気張って高価なものをプレゼントされたり豪華なディナーを御馳走されると、嬉しい反面無理をしてないか心配になってしまう。なまじ互いの財布の中身を知っていたからなおさらだ。彼の面目をつぶさないために表面上は喜んでみせていたが、普段は極力負担が偏らないように気を使った。もっとも生島にとってはあまり面白くなかったようだが。

とは言え今の状況で、アパートに帰る気にもなれなかった。

「でも、私いま、ひどい恰好で……」

チャーリーに襲われて、手足や顔はできるだけ洗ったものの、着ていた服は一部破れて汚れていた。

「うん、だからゆっくりシャワーを浴びれた方がいいでしょう？　アパートだと他の人とかち合うこともあるって言ってたし。何なら着替えだけアパートに寄って持っていけばいい」

確かにその通りだった。可南子が住んでいるアパートはシェアフラットでバスルームやキッチンは共用だから、それなりに気を遣わねばならない。その点、ホテルならいくらでもバスタブにお湯を溜めて入れるし、シャワーだってゆっくり浴びていられる。何より東雲とは一秒たりとも離れたくなかった。

「わかった。一緒に行くわ」

東雲たちを助けてくれた気が利くマイルズはさすがにもう先に警察から解放されていたので、チップをはずんで解散済みだった。

だから東雲は改めてタクシーを呼び、行き先を告げて乗り込んだ。

6. 河のほとりで

テムズ河のほとりにある世界でも屈指の最高級老舗ホテルは、伝統的なエドワード様式の建物で歴史的な重々しさを感じさせながら、決して華美過ぎず洗練された佇(たたず)まいだった。中に入ればアールデコ様式も取り入れられ、見事に融合している。

ポーターに案内された六階のリバービュースイートは、内装も上品な壁紙とアンティークの調度類が調和した美しい部屋だったが、それ以上にバルコニーから望むテムズ河やロンドンアイの観覧車が絶景だった。

「うわ」

可南子は襲われて嫌な目に遭ったこともしばし忘れて、その光景に見惚(みと)れる。陽が落ちて街の灯(あか)りがテムズ川の水面に映り、キラキラときらめいて幻想的な眺めだった。

「気に入った？」

可南子の背後から東雲が嬉しそうに声をかける。

「うん、きれい」

可南子は東雲を振り返って子供のように無邪気な笑顔を見せた。あんなことがあった後だ。今は単純に目に入る綺麗な風景が嬉しい。

「よかった」

しみじみと呟く東雲に、可南子は感極まって抱き着く。

「ありがとう、本当に嬉しい。チャーリーから助けてくれたこと。それにこの部屋も、会いに来てくれたことも」

言いながら泣きそうになった。仕事を選んだのは自分だ。可南子自身が、海外での自分の実力が知りたくて、部長の誘いを受けた。それなのに、こんなにも東雲に会いたくて仕方がなかった。

「律……キスしてもいい？」

東雲は「もちろん」と顔を綻ばせる。

可南子は背伸びしながら東雲の首に腕を巻き付け、彼の顔を引き寄せて唇を重ねた。

それだけで天にも昇りそうな心地になる。顔の角度を変えながら、唇の表面だけを揉み合わせ、互いの感触を楽しんだ。本物の東雲だ。モニター越しではなく、触れた感触も微かなシトラス石鹸の匂いも、確かに東雲そのものだった。

可南子の腰に回された東雲の腕が、不安定に揺れそうになる体を支えてくれた。

頬をピンクに染めながら、可南子はうっとりと唇を離す。ゆっくり目を開けると、東雲の優しい表情が可南子を包み込んでいた。

「ずっと、会いたかった――」

東雲の頬に掌を這わせ、瞳を潤ませながら告げると、可南子を抱く腕に力がこもる。

「俺も――、俺も、可南子さんに会いたくて仕方がなかった」

しばらく互いの存在を確かめ合うように固く抱きしめ合う。

東雲の体温や胸の厚み、抱きしめてくれる腕の力強さに、これがずっと焦がれていたものだと確信する。まるで失っていた自分の一部を取り戻したかのようで、なぜ離れていられたのかさえよく分からなくなっていた。

「律、律、律……」

何度も東雲の名前を呼ぶ。

「可南子さん……」

東雲の声も潤んだものになっていた。

東雲の手が可南子の頬を探り、覆いかぶさるようにしてキスされる。

今度は舌を絡めた濃厚なものだった。東雲の舌が獣のように獰猛に可南子の口中に入り込み、すべてを舐め尽くすように暴れ回る。可南子も負けじと舌を絡め合った。

暫し息をするのも忘れて求め合う。どうしようもなく昂(たかぶ)った欲望が止まらなくなった。

「あ……ふ」

キスの合間に何とか息をしながら、それでもぴったりと体を密着させ、互いの感触を確かめ合う。

「律、りつぅ……」

あえかな声を上げながら、息の限界までキスを続けた。

ようやく唇が離れた頃には、ぼってりと唇がはれ上がったように感じ、肩で息をしている。東雲の手が可南子の後頭部に回り、シニヨンを留めていたバレッタを外して髪の毛を下ろした。そして目を閉じて額を合わせ、「ピアスも外していい？」と訊いてくる。

可南子がこくんと頷くと、東雲は細いチェーンピアスを外して耳にキスをした。

「ん……っ」

外したバレッタとピアスはローテーブルの上に置かれ、今度は首筋にキスしながら上着を脱がせ始めた。可南子も腕を動かして彼に応える。後ろのホックとファスナーを外してタイトスカートも落とされ、可南子は下着姿になっていた。

「あの、シャワーは……」

「無理。先に一回だけ。ダメ？」

自分が着ていた服を脱ぎながら余裕のない声で言われると、可南子自身も我慢できなくなってしまう。

「でも、このままだとベッドを汚しちゃいそう……」

アパートに戻った際、タオルで体を拭いてから着替えてきたが、東雲と離れがたいばかりにかなり急いだから、チャーリーにのしかかられた時の泥汚れがまだ残っているかもしれない。

自分の部屋のベッドならともかく、この高級なホテルのリネンを汚すのは抵抗があった。

「……わかった。じゃあ最初だけちょっと我慢して――」

東雲は潜めた色っぽい声で言うと、可南子を壁に押し付ける。そして既に固く張りつめた肉棒に素早く用意した避妊具を被せると、可南子のショーツを脱がせ、片脚を抱えあげて己を突き立てた。

「はぁんっ!!」

まともに前戯もしていないのに、可南子の体はあっさりと東雲を受け入れてしまった。しかも半ば東雲にぶら下がる格好だったから自重で深く突き刺さってしまう。

「や、深い……っ」

「ああ、もう一番奥に届いてる――」

東雲は感極まった声を上げ、そのまま可南子を少し浮かせた状態で壁に押し付ける。そして可南子の臀部を抱きかかえるようにして腰を引き付け、更に腰を動かした。

「あぁ、あ、あぁんっ」

突かれる度に嬌声が上がる。可南子は振り落とされまいと必死で東雲の体にしがみついた。ばちゅばちゅと腰を何度も打ち付け合いながら、激しいキスを交わす。

「や、律の大き……!」

久しぶりのせいか、ナカにいる東雲の分身は以前より大きく感じてしまった。それとも可南子が締め付けすぎているのだろうか。

「可南子さん、可南子さん……っ」

東雲も狂ったように腰を振り続ける。

急速に高まる快感に、可南子の体がエクスタシーを迎えて東雲を強く締め付けた。可南子の締め付けに東雲も射精する。

「あ……――」

深い余韻を残して可南子は弛緩してしまう。

そのままずるずると力を失ってしまう可南子の体を、東雲はそっと抱き留めて、大きなソファーに横たえた。

「バスタブにお湯を溜めてくる」

まだ息が荒いままの東雲の声を遠くに聴きながら、可南子は目を閉じて快感の余韻に浸った。

動けなくなっていた可南子の体を抱きかかえると、東雲はまだ身に付けていた下着を脱がせてお湯を張ったバスタブに横たえる。イギリスでは珍しく、据え置き式のバスタブではなくジェットバスだった。やはりテムズ川の眺望が見渡せるよう窓際に設置されており、大人二人でも十分

入れる広さだ。

「大丈夫？」

可南子の背後に滑り込み、優しい声で聞かれて、可南子はこくんと頷いた。本当は大丈夫じゃなかった。気持ちよすぎておかしくなりそうだった。まだ体も脳も多幸感に酔いしれている。

東雲の胸にもたれかかりながら、うっとりとその肌の感触を楽しんだ。

「これ、冷蔵庫にあったから。喉が渇いてるでしょ」

バスタブの脇には東雲が持ってきてくれていた、冷えたシャンパンのグラスが銀色のトレイに並べられている。

「ありがとう」

二口飲んで喉を潤すと、グラスをお盆の上に戻し、体をひねってまたキスをする。柔らかいいたずらのようなキスだ。

しかしそのキスがスイッチになったのか、東雲の手が可南子の脇の下から前に回り、湯船に浮かんだ乳房を揉み始めた。

「こら」

可南子が軽く睨むと、東雲は悪びれることなくニヤリと笑った。

「さっきは全然可愛がってあげられなかったから」

そう言って繊細な手つきで下から持ち上げ、その形を楽しむように揉み始める。

「可南子さんの胸、久しぶり」

東雲は大好きなおもちゃを見つけた子供のように言った。

「ん、律……──」

優しく愛撫され、またもやあえかな声が漏れ始めた。

「柔らかくてすべすべで、すごく綺麗だ──」

耳元で囁きながら、彼の指が赤い乳首をきゅっと摘まむ。

「あんっ！」

バスルームに自分の嬌声が響き、可南子は恥ずかしくなってしまう。

「でもまだここ、柔らかいね。もっと可愛がってあげなきゃダメかな？」

「や、バカ」

けれど東雲の指は更にくりくりと先端を弄りながら、ぎゅっと押し潰した。

「ん……っ」

「どう？　気持ちいい？」

耳元で囁かれ、甘い声が鼓膜を刺激する。

「ほら、固くなってきたよ？」

「ん、イイ……気持ちイイよ、律……」

「もっとしてほしい？」

「うん。して……」

彼に触られてると思いながら自分で触ったこともあったが、やはり東雲自身に弄られる方が何倍も気持ちいい。

「素直な可南子さん、可愛い。大好きだ」

「ひゃっ」

胸を愛撫されながら首筋にも舌を這わされ、可南子の感度は益々敏感になってしまう。

「律、もっとキスしたいの。いい？」

可南子は体を反転させ、東雲の足の間で膝立ちになって抱きつきながら、彼の顔を包み込んでキスをした。舌がぬるぬると絡み合い、唾液ごと吸い合った。

向かい合わせになった二人の間で、東雲の手が可南子の胸を弄り続けている。散々口中をなめ合ったあと、東雲は目の前に来た可南子の乳首をジュっと吸った。

「はぁんっ！」

更に舌を巻き付けてしゃぶりつく。

「はは、もうこんなにコリコリだ。可南子さんの乳首、真っ赤に熟れて美味しい」

「や、ダメ、もう――っ」

両方の胸を口と手で弄られて、可南子は急速に昇り詰めてしまった。

「あ、……んっ」

軽くイってしまったようで、東雲にもたれかかりながら肩先が小さく震える。

胸だけでイクなんて恥ずかしい。しかしぴくぴくと震える体を東雲の目から隠すことはできなかった。

「感じやすくなってるの？」

「うん。そうみたい……」

「じゃあ、もっと気持ちよくしてあげるね」

ぺったりと胸を付けて東雲の体にもたれかかってしまった可南子の、髪を優しく撫でて頭のてっぺんに口付ける。そして可南子の太腿の間に手を伸ばすと、ヒクヒクと震えていた花唇を探り始めた。

「あ――っ」

新たな刺激に可南子の官能がまた高まり始める。

「ここもうお湯の中でもわかるほどヌルヌルだね。それともさっき一回したからかな？」

どちらも答えはイエスである。答える代わりに可南子は目の前にあった東雲の胸に舌を這わせる。

「ちょ、可南子さん――！」

思わぬ反撃に、動揺した声が出たのがおかしかった。

「私も……律に触れたい」

上目遣いで見上げると、東雲の目元が赤く染まった。余裕があるように見えても、こうなるところは本当に可愛い。

可南子は上目遣いのまま、律と視線を合わせながら彼の胸にちゅ、ちゅ、とキスをし、小さな乳首を舌でぺろりと舐めた。

「ん――……っ」

そのままちゅうちゅう吸うと、彼の乳首も固くなる。楽しくなって口中で弄んだ。東雲は目を閉じて快感を追うような表情になっている。

「律も、美味しい」

もう一方の乳首も指先で弄りながら、可南子は愛撫を続けた。すると可南子の足の間にあった彼の指が動き出す。

「可南子さんが変なことをするからお返し」

「あ、ダメ、律、そこを弄っちゃ……あ、やぁん……っ」

東雲の指は花弁の間を泳いで蜜口に辿(たど)り着き、そのまま深く差し込まれて内壁を擦り始める。

「ほら、もう降参？」

東雲の反撃に、負けじと彼の乳首や肌に舌と掌を這わせる。東雲は差し込む指の本数を増やして更に中で暴れ始めた。

「あ、あん、律、もうダメぇ……っ」

その指の動きの激しさに、可南子は白旗を上げてしまう。今度は東雲が可南子の頭を引き寄せてキスをした。声を塞がれて更に快感の逃し場所がなくなってしまう。

内側を強く擦り上げられ、可南子はあっさりと二度目の頂点に達してしまった。

細かく体を震わせる可南子を抱き留め、東雲はバスタブの縁に誘導する。そして可南子の脚を開かせて縁に座らせると、今度は舌を使って性器を舐め始めた。

「や、律、今イったばかりなのに、あぁあっ！」

肉襞の間を尖った舌で舐められながら、指先でクリトリスを押されてまたイってしまう。同時に愛液より粘度の薄い体液が吹き出した。

「あ、あ……っ」

持ち上げられて浮いていた膝ががくがくと震えてしまう。潮を吹いたのなんか初めてで、羞恥と気持ち良さでおかしくなりそうだった。

「やばい。気持ちよさそうな可南子さんを見てたらもう我慢できない」

東雲の股間も大きく勃ち上がっている。しかしさすがにバスルームには避妊具がなかった。

「少しだけ、我慢して」

「律⁉」

東雲は可南子の体を裏返すと、両手を縁につかまらせてお尻を高く持ち上げる。膝はぴったり閉じた状態で間に肉棒を差し、腰を前後に振り始めた。性器の表面だけが激しく擦れ合う。

「あ、や、熱い……っ」

擦れ合った場所の熱さが、可南子の脳を再び蕩かしていく。

東雲が腰を振る度に浴槽のお湯が大きく揺れて波立った。可南子の脚の間から東雲の亀頭が見え隠れする。その眺めさえ淫靡（いんび）で、またもや子宮の疼きが強くなる。もう何回イっているのかも分からなくなってきてしまった。

「あ、出る――」

東雲の掠れた声を遠くに聴き、可南子は思い切り吐き出された精液と共に果てた。

さすがにその浴槽に再び入る気にはなれなかったので、一旦お湯を抜いてまた入れ直す。

その間に二人でじゃれ合いながらシャワーを浴びた。

東雲が可南子の体を洗うと言ってきかなかったので、泡立てたボディーソープで洗って貰う。

ボディーソープからカミツレの爽やかな香りが漂って、可南子はうっとりした。

東雲は更に備え付けてあったシリコン製のブラシで可南子の髪を梳（す）き、シャンプーを泡立て始める。こちらもフルーティな甘い香りがする。ベルガモットも混ざっているだろうか。

「髪の毛くらいは自分でするのに」

「いいんだ。やりたくてやってるんだから。それに俺、結構上手だと思うよ？」

言いながら指を立てて地肌を洗う手つきは確かに気持ちいい。

「うん。すごく上手」

「だろ？　ずっと祖父のを洗ってたから」

「…ああ」

その答えに得心が行く。

「はい。流すから目を閉じて」

言われるがまま目を閉じると、泡がお湯で洗い流される。もう逆らうのも諦めて、トリートメントをしてもらっている間に化粧も落としてしまった。以前一緒に住んでいたこともあって、律に素顔を見られることには抵抗がない。

一通り洗って貰うと、今度は交代とばかりに可南子が東雲の頭を洗い出す。東雲は最初こそ抵抗したものの、可南子に説き伏せられて降参した。

更に背中などを流すと、改めてまたお湯を溜めた浴槽に二人でゆっくり浸かる。

温かいお湯と、同じ匂いがする互いの肌に包まれて、この上なく幸せだった。

東雲は入浴する前にルームサービスも頼んでいてくれたらしい。

バスルームに呼び鈴の音が聞こえてくると、彼はバスローブを羽織って出て行く。そして戻ってくると朗らかな声で可南子を誘った。

「お腹空いてない？　俺、結構ペコペコなんだけど」

言われて可南子も空腹に気付く。そう言えば今日はまだ夕食を取っていない。会食ランチがかなり豪華なものだったし、その直後に襲われたからすっかり忘れていたが、言われてみれば空腹だった。

「レストランまで行くのも億劫だったから、適当に頼んじゃったんだけど……」

可南子もバスローブを纏って部屋へ出ると。ダイニングテーブルの上には美味しそうな御馳走が湯気を立てていた。とはいえコテージパイやアイリッシュシチュー、フィッシュアンドチップス、フルーツサラダなど手軽に食べられるものばかりだ。テーブルの脇に置かれたワゴンには、ワインクーラーにシャンパンが入っている。

思わず可南子のお腹もグーっと鳴ってしまった。

「給仕は断ったから適当に食べよう。ちゃんとした食事は明日以降ってことで」

ワイングラスにシャンパンを注ぐ東雲の声が珍しく陽気なものになっている。

ここまでくれば可南子も、東雲が負担するであろう値段の心配などどうでもよくなった。目の前のことだけを楽しめばいいと吹っ切れる。

「美味しそう！　頂きます！」

バスローブのままで聊か行儀悪いとも思ったが、着替えるのも面倒でそのまま席に着く。東雲が給仕を断ったのもそれが理由だろう。

二人でバスローブのままダイニングテーブルに向かい合って座り、皿の上の料理に舌鼓を打った。イギリスの料理には賛否両論の意見が散見されるものの、さすがに老舗の最高級ホテルとありどれも美味しい。二本目のシャンパンを空けながら、一流シェフの料理をゆっくり堪能した。

アイスクーラーに入っていたデザートまで残さず堪能すると、その後はバルコニーに向けて置かれたソファーに並んで座り、部屋にあったスコッチウイスキーを傾けながら改めて優雅な夜景を楽しむ。

「すごい。おとぎの国にいるみたい。今にも窓からピーター・パンが入ってきそう」

イギリスに来て半年以上経つが、さすがにこんな贅沢をする余裕はなかった。休日に有名なアートギャラリーを回ったり、知り合った同僚に誘われて田舎の散策を楽しんだりはしたが、何と言ってもイギリスの物価は高い。

「そう言って貰えると、仕事頑張って稼いだ甲斐があったな」

可南子の肩を抱きながら、東雲は嬉しそうに答える。

「律、ずっと忙しそうだったもんね」

恨みごとに聞こえないように気を付けながら可南子は言った。

最後の方のビデオ通話は、いつでも眠そうにしているか上の空のような雰囲気があった。

「忙しいのもあったけど……やっぱ思ってた以上に会えないのが辛くて。顔を見たり声を聴くとその辛さが倍増するからちょっと避けてた。ごめん」

ようやく聞けた東雲の本音に、可南子は深く安堵する。

「私も一緒だったから……でも愛想尽かされてたらどうしようってその不安もあったから、律の本心が聞けて嬉しい」

可南子の言葉に、東雲は驚いたように目を大きく見開いて可南子を凝視する。

「可南子さんに愛想を尽かすなんてあるわけないだろう？」

「そお？」

素で言っていると分かって顔が綻んだ。でもどんなに深く愛し合っても、些細なことが原因で気持ちが離れるなんていくらでもあることなのだ。

「律は……私を買いかぶりすぎてると思う」

初恋、かどうかは知らないが、初めてまともに付き合った女だから、神格化されているのではないかと微かな不安があった。可南子自身は、自分のことをありふれた一般女性だと思っている。多少華やかに見える仕事をし、それなりに成果も出しているが、決して特に秀でたところがあるわけではない。いつだって失敗と成功を繰り返し、つまらない不安や嫉妬を抱えているごく普通の女でしかない。

人は恋に落ちると魔法にかかり、相手を理想化してしまう傾向があるが、その魔法が強力であればあるほど、醒めた時の反動は大きくなる。

しかし東雲はあっさり「それはないよ」と否定した。

「なんでそんな風に確信が持てるの？」

可南子は食い下がる。

「確かに俺はずっとコミュ障だったし、今も人付き合いは苦手で頼りないかもしれないけど……可南子さんの正直さにはいつも驚かされるし、しなやかな強さもそう。失敗してへこんで落ち込むことがあっても、絶対立ち上がろうとする負けず嫌いなとこあるよね」

「そ、それは……」

言われてみればその通りのことばかりで可南子は言葉を失う。

「もっとも、へこんで緩んでる時の可南子さんも結構好きだけど。なんかいつもと違う可愛さがあって」

「な……！」

思っていた以上に深く言い当てられて、二の句も告げなくなる。

「俺が貴女を好きすぎて不安にさせたことも分かってる。でもこればかりは慣れてもらうしかないかな。あなたがどんな人でどんなことを考えてるのか、いっつも必死で考えてるんだから」

「う」

言葉を失くした可南子の手からウイスキーグラスを取り、サイドテーブルに置いて身を寄せる。

「可南子さんこそ、俺に愛想を尽かしてない？　こんな重たすぎる男より、もっと普通の……人慣れしてて重たくない男の方がいいとか思ったりしてない？」

「それは……」

口調はふざけているが、東雲の目は怖いほど真剣だった。

可南子は息を呑んで東雲と対峙する。そして脳裏では彼の言った言葉を高速回転で吟味していた。

確かに愛が重たすぎる部分はあるかもしれない。東雲の可南子に対する接し方は、崇拝している相手にするものに近い。自分がごくごく普通の一般人だと思っている可南子には、彼の目が恋愛感情で曇っているようにしか見えない時もある。

しかし改めて聞いてみれば、東雲の中の可南子像が、本人から遠く離れているかと言えばそうでもないのかもしれない。自分のことだからこそ真の姿が見えていないことはよくある話だ。どうしたって感情が自己評価に良くも悪くもバイアスをかけてしまうものなのだから。

それに、東雲が描いている可南子像は悪くなかった。ある意味自分がこうなりたいと思う姿の具現に近いのかもしれない。

窓の外では、ロンドンアイの観覧車がゆっくりと回っていた。円形に並ぶすべてのゴンドラから漏れる灯りが、テムズ川の揺れる水面に映って幻想的だった。本当にピーター・パンが飛んでくるのはこんな夜じゃないだろうか。

「実は……謝らなきゃいけないことがある」

「え？」

なんのことか分からず、可南子はじっと彼の言葉の続きを待つ。

「平澤さんのこと」

「平澤さん？」

出てきた意外な名前に、可南子はキョトンとする。東雲は聊かきまり悪そうに話し出した。

「彼女に告られた時、彼女を辞めさせそうになって可南子さんに怒られたことがあっただろ？」

「ええ」

あの後、会社内のことに余計な口出しをしないよう怒られた。

「あの時、なんで自分があんなに不愉快になっていたのか、あの後改めて考えてみたんだけど

……」

「うん」

それは可南子も少し気になっていた。やはり少し東雲らしくないような気がしたのだ。

「今思えば、俺は彼女に嫉妬してたんだなって」

「え？」

嫉妬？　東雲が平澤に？

「あの、私別に同性愛とかないけど……」

「分かってる！　そうじゃなくて……！」

可南子の言葉に東雲は慌てた声を出す。

「つまり……その――」

「律……？」

可南子にじっと見つめられて、東雲はしばらく逡巡（しゅんじゅん）していたがぽつりと語りだした。

「可南子さんは俺に魔法をかけてくれた。姿を変え、自信を付けさせてくれた。あの時から可南子さんは、俺にとって特別な存在になった。シンデレラにとっての魔法使いみたいな？」

シンデレラ？　そして王子様じゃなく魔法使い？　言わんとしていることは分からなくはないが、例えが微妙にちぐはぐだ。

「シンデレラはすぐ王子に夢中になったけど、俺にとっては魔法使いの方が特別で。あなたが俺だけの魔法使いであってほしかった。でも可南子さんは平澤さんにも同じ魔法をかけた」

「それはでも――」

もちろん平澤自身の自己肯定感の低さを取り除きたい気持ちもあったが、そもそもは東雲に対する違和感を消すためにやったのだ。たとえ見た目が変わっても東雲自身に変わりがないことを納得して欲しかった。

「もちろん単なる俺の勘違いなんだ。可南子さんは元々それが仕事で、その人の魅力を生かせる一着を用意することが嬉しい人なんだから。俺だって分かっていたつもりだった。でも……綺麗になった平澤さんを見た時、自分の魔法使いが取られてしまったような、そんなガキ臭い嫉妬心に襲われたんだと思う」

一息で言い切って、東雲は大きなため息を吐いた。

「呆れたでしょ？」

可南子は何と言って答えようか、暫し考え込んだ。できるだけ正確に。限りなく正直に。大事なのはそこだ。

「そっか。あれは焼きもちだったのか……」

噛みしめるような可南子の言葉に、東雲の肩がびくりと震える。

そんな東雲の首に手を回し、可南子は身を伸ばして彼の頭をそっと抱きしめた。

「バカねえ。それでも律が私にとって一番の特別であることには変わりないのに」

可南子の言葉に、強張った律の体がゆっくりと緩んでいく。

「呆れない？　外見がどれだけ変わったからって、中身はこんな幼稚な男なんだって嫌にならない？」

可南子は東雲を抱きしめたまま微笑む。

「いつまで経ったって不完全なのは人の本質だよ。それより自分のそんな弱さを直視して、私に曝け出してくれる勇気に感動した」

　誰にだって弱さはあるし狡(ずる)い部分もある。孤独や欲望、欺瞞に揺り動かされ、人は簡単に間違えていく。それは可南子とて変わらない。

　けれどそんな自分の弱さや狡さを、ちゃんと自覚して直視できるかどうかで人は変わっていくのだと可南子は思う。それができなかった末路があのチャーリーのような類だろう。

「あの時、平澤さんを辞めさせるのを可南子さんに止めてもらってよかった。俺は……つまらない嫉妬と意地で大事なスタッフを失うところだったんだ」

　そしてそれを素直に口に出せる東雲の誠実さが愛しかった。

「やっぱりちゃんと聞かなきゃだめよね」

「ん」

　可南子の中にも小さなわだかまりがあった。けれど見ないふりをした。東雲の中の、理想の可南子像を壊すのが怖かったからだ。

「私が律の家族のことを聞いた時、私の家族については興味なさそうだった。本当に興味がないならそれはそれで仕方ないかなと思うの。でも少し寂しかった」

　抱きしめていた東雲の頭部から手を放し、彼をじっと見つめる。東雲はやはり少しきまり悪そうな表情になる。

「それは……」

「やっぱり興味ない？」

「えっと、そうじゃなくて――」

「違うの？」

こんどこそ事実を見逃すまいとじっと東雲を見つめる可南子に、彼はとうとう降参した。

「いや、興味はあったけど、かなり知ってたから」

「え？」

嫌な予感がして、可南子は眉間に皺を寄せる。

「それって……弘輝？」

「……ああ、まあ」

ようやく合点がいった。

「弘輝、私のことを色々喋ってたの？」

「…………色々ってほどでは……あるけど」

「あいつ今度絞める！」

勢いよく立ち上がった可南子の隣で、東雲がつんのめりそうになっている。

「いや、あの、別に俺が可南子さんと付き合うようになってからじゃなくて、弘輝のお喋りは大体家族ネタが鉄板だから……弟の勢津くんや妹の庸子ちゃんのことも？　あと元気なおばあちゃんとかとぼけたおじいちゃんのこととか、猫のミューのことも一通り」

可南子は呆気に取られて再びぽすんとソファに座り込んだ。なんてことだ。うちの家族のあれこれが、知らぬ間に筒抜けになっていたなんて。しかもお調子者の弘輝のことだから多少は話を盛っているかもしれない。散々姉を恐怖の大王扱いしていた弘輝に、何を言われていたのかと思うと眩暈がしそうだった。

「だから——、可南子さんも会う前からすっかり知っている人のような気がしていたのに、あんなに綺麗な人だと思っていなかったからギャップに打ちのめされたっていうか……それ以上の刺激は怖いからおいおいにしてもらった方がいいかなって……」

「あいつやっぱり絞める!」

わなわなと拳を震わせる可南子に、東雲は少しだけ気の抜けた声で言った。

「その必要はないと思うよ? あいつ今、平澤さんにメロメロだから」

「……はあ!?」

次々繰り出される知らされていなかった事実に、可南子は顎を落としそうになった。

「——弘輝が? 平澤さん?」

いつの間にそんなことになっていたんだろう。弘輝も平澤もメッセージのやり取りの中ではそんなこと何一つ触れていなかった。もちろん東雲もだ。

「ごめん、これは弘輝に口止めされてた」

東雲は気まずそうにテムズ川の方に視線を向ける。

「いつから？　なんでそんなことに？」

しかし可南子は一切容赦するつもりはなかった。

「それこそ可南子さんが平澤さんを変身させてからだよ。あの日、弘輝のやつ彼女を送ってくって追っかけてっただろう？　それまで女性だと意識していなかったのに、突然女の人だって気付いたって言ってた」

開いた口が塞がらないとはこのことだろうか。よもや発端が自分だったとは。

それにしても弘輝も弘輝である。反応が単純過ぎないか。

「おかげで俺以上に仕事張りきり始めちゃって、今まで以上に仕事はとって来るわ俺にも発破をかけてくるわ……」

それにしたって、あの頃はまだ可南子も日本にいたはずだ。気付かない自分も恨めしい。もっとも可南子は可南子で、東雲に対しての感情がうまく処理できなくてそれどころではなかった。

「まあ、俺も気付いたのは可南子さんがイギリスに行ってからだよ。弘輝のやつ、それまでは可南子さんに知られないように気を使ってたみたいだから」

「なんで？」

「さあ。怒られるとでも思ったのかな」

眩暈を通り過ぎて頭痛がしてきた。今更弟の恋路に口を挟むつもりなんて毛頭ないのに、弘輝の中ではまだ可南子が『おっかない姉』であるらしい。

「最初は平澤さんも迷惑そうにしてたけどね、頑張ってる弘輝を見てたら満更でもなくなったみたいだよ」

「あーー、そうなんだ～～～」

ついやさぐれた声が出る。姉のいないところで何やってんだか。

「そんなわけで、可南子さんに関するエピソードは実は結構知ってたんだ。言わなくてごめん」

そして一気に脱力した。理由を聞いてしまえば、悩んでいたことがバカバカしくなってしまう。

「でも、実際に会ってからの可南子さんは、俺の知らない部分ばかりでかなり興奮したのも本当」

流し目で見られて、可南子の心臓が跳ねる。

――やだ、急にそんな色っぽい顔しないで。

「……そうなの？」

不安を滲ませて聞き返した。

「もちろん。弘輝に聴いて想像していたより、ずっと眩くて……えっちだった」

最後の方だけ声を潜められて、可南子の首筋が熱くなる。

「それは……律のせいもあると思うけど」

恥ずかしいのを隠そうとして拗ねた声になった。

「そうなの？」

「だって……律と……するようになるまで、自分があんなにえっちだって知らなかったもの」

言ってしまってから恥ずかしさが絶頂に達し、膝を抱えて顔を埋めてしまった。

しかし事実だった。

東雲の前に何人か付き合った男性はいるし、それなりに甘い時期も過ごしたが、東雲とするようになったセックスはそれらと一線を画して濃厚だった。ひとえに東雲の観察眼や追及力の賜物(たまもの)ではないだろうか。

そのまま無言の間が続いたので、そうっと顔を上げて彼の方を見ると、東雲は真っ赤になった顔を両手で覆っていた。

「律?」

「それって本当に?」

「えっと」

「俺とするようになってからえっちになったって」

「………そう、だけど」

「じゃあ、ビデオ通話でえっちしたりしたのも俺だけ?」

「あ、当たり前でしょ‼」

どれだけ恥ずかしさを押し殺してあんなことをしたのか、彼は分かっていなかったのだろうか。

「律とじゃなきゃあんなことできないし、律とだから我慢できなくなったの! 律と抱き合ってから私どんどん堕落(だらく)してるんだから!」

可南子の恥ずかしい告白に、東雲の顔はどんどん緩み、しまいには満面の笑顔になってしまった。

「可南子さん、好きだ！」

「え！　ちょ……！」

そのままソファーに押し倒されそうになって、可南子は必死に抵抗する。今の東雲はタガが外れたようで怖い。

「ここじゃダメ！　窓から誰かに見られたらどうするの！」

「六階の窓からの覗ける場所なんてないよ」

可南子のバスローブを脱がせようとしながら東雲は囁く。

「それでも！　落ちそうになったら怖いからベッドにして！」

可南子の懇願に、東雲は一瞬理性を取り戻すと、可南子を抱きかかえてベッドルームに運んだ。

「覚悟はできた？」

横たえた可南子に覆いかぶさりながら、東雲は訊いてくる。

「……さっきの、もう一回言って」

「え？」

「だから……大好きだって――」

やはり柄じゃないと照れくささに横を向くと、東雲はあらわになった首筋にキスしながら「愛してるよ」と囁いた。

現金なことに、東雲のたった一言で可南子の理性は綺麗に蕩けてしまった。

「私も——私も愛してる——」

それが合図だったかのように、唇が重なり合う。どちらからともなく舌を絡め合い、ちゅるちゅると吸い合った。極上のスコッチの味がする。

「さっき、お風呂場ではちゃんとできなかったから、今度は挿れていい？」

訊いてくる顔が可愛い。

「いいよ。私も律と繋がってひとつになりたい」

互いの意思を確かめ合ってから、再び濃厚なキスをした。

東雲は上半身だけ体を起こして身に付けていたバスローブを脱ぎ落すと、可南子の着ていたものも帯を解く。そしてバスローブの前をはだけると、驚いた顔で目を見開いた。てっきり何も身に付けていないと思っていたバスローブの下に、可南子はセクシーなランジェリーを身に付けていた。

「あの……アパートに戻った時に一応替えとして持ってきたの。つまり……こっちで見つけて、可愛いからいつか律に見せたいなあと思って買ったやつ」

羞恥に耐えながらもごもごと説明する。純白の総レースは、花嫁のイメージで作られたものだ。百合(ゆり)のモチーフで編まれたビスチェタイプのレースのキャミソールはいかにも清楚(せいそ)だが、その下の肌が完全に透けて見えることで背徳感を煽っている。胸のてっぺんは細いリボンを引けば開くようになっているし、クロッチ部分の小さなショーツは、完全にTバックだった。

本当はお揃いのガーターとベルトもあったのだが、それを付けてるとさすがにサプライズがばれるので付けていない。

「前にこういうの付けた時、律、嬉しそうだったから……」

恥ずかしそうに可南子が言うと、東雲はごくりと息を呑んだ。

「やば。むしゃぶりつきたい」

直球で言われて可南子も真っ赤になる。けれどその為に用意したものだ。彼が興奮できるなら本懐だろう。

「いいよ？　きて」

可南子が手を差し伸べると、東雲は狂ったように襲い掛かってくる。

「可南子さん、可南子さん……！」

レースの生地越しに思い切り乳首をねぶられた。気持ちいいが少しもどかしい。

「ちゃんとここ、あけて。ね？」

細いリボンを引っ張って解いてやると、ぱっくりと開いた場所から紅く染まった乳首が現れる。

東雲は無言でその紅い実をしゃぶり始めた。

「あん、あぁん、やだ、激しいよ、律……っ」

すごい勢いで吸われ、激しい嬌声が漏れる。

勢いづいた東雲は、もう一方のリボンも解くと、顔を出したもう一つの紅い実をぐりぐり捏ね始めた。

「あぁん……っ」

嘘みたいに気持ちいい。少し痛くもあるが、彼に激しく求められている実感があった。

「俺の……俺だけの……――っ」

東雲の興奮した声が聞こえる。その声が可南子を一層乱れさせていく。胴部分も下着越しに愛撫されたのが、かえって可南子のもどかしさを期待値に変えていた。

脚の付け根丈のフレア裾を手繰り、東雲はショーツのクロッチ部分に辿り着く。

「すごい。ここ、濡れて貼り付いてるから、可南子さんの恥ずかしい部分がくっきり見えてる」

薄い布に指を滑らせながら、東雲は歓喜の声を上げる。

「ここもちゃんと可愛がってあげるね」

うっとり囁きながら、東雲の舌が布の表面を撫で始めた。

「あ、律、そんなんじゃ……」

「物足りない？　もっと強くしてみようか？」

東雲は更に舌を尖らせてくっきり浮かび上がった溝を前後に擦る。そして更に口全体を使ってしゃぶり始めた。

「あぁっ、あぁん、あ、や、ダメ……っ」

気持ち良さともどかしさに襲われ、可南子はソコを東雲に押し付ける。

「ほら、こんなにびしょびしょになっちゃった。これは俺の唾液と可南子さんの、どっちが多いんだろうね？」

「や、知らな……。ね、お願い……」

布越しじゃ完全に足りなかった。しかし東雲はショーツを脱がそうとしない。

「だって、せっかく可南子さんが着てくれたのに、もったいないし」

「でも……」

「わかった。じゃあ、こうしよう」

東雲はクロッチ部分を脇にずらし、再び口で愛撫し始める。

「ひゃ、ぁああんっ！」

淫部に舌が差し込まれ、直接舐められて可南子の目の裏がチカチカと点滅した。気持ちいいどころの話ではなかった。

「白いレースの下に、真っ赤な花弁がぱっくり割れて涎を垂らしてる。本当にあなたってひとは……たまらないなあ」

東雲は凄い勢いで濡れた秘部を舐め尽くそうとしたが、それ以上に溢れる可南子の蜜が、東雲の顔を濡らしてしまう。

「は、はぁ、もう無理……」

「まだまだ。こんなんじゃあなたを可愛がり足りないよ」

「え？　律……？」

東雲は可南子の体をひっくり返し、うつ伏せにすると、自分に向かって腰を高く上げさせる。

「ほら、この方がもっと可愛がってあげられる……」

確信のある声で呟くと、東雲は可南子の秘所を後ろから舐め始めた。後ろはほぼ紐一本しかないから、その方が恥ずかしい場所がくっきり見えているはずだ。

けれどその分、可南子の快感も高まってしまう。

東雲は肉襞の間に舌を潜らせながら、前に回した手でクロッチ部分の上部から指を潜らせ、クリトリスを弄り始めた。

「ひゃ、ダメぇ…………っ」

強すぎる刺激に可南子の本能が暴れ出す。犯してほしい本心と、恥ずかしさに悶える理性が絡み合って、一層可南子を頂点へと導いていた。

「ひゃうんっ」

前と後ろから同時に責められ、可南子は一気に昇り詰めてしまった。

「可愛い。ちょっと待っててね」

優しい声で囁くと、東雲は何かを取りに行こうとする。気付いた可南子は力が抜けきった腕を何とか伸ばして彼を止めた。

「……可南子さん？」

うまく力が入らない手で、何とか東雲の腕を掴む。

「律、お願いがあるの」

掠れた声が唇から漏れた。

「お願い？　なに？」

可南子は上手く力が入らない体を横たえたまま、目だけを真剣に彼に向ける。

「私と、結婚して」

「え？」

一瞬、何を言われたのか分からなかったらしく、東雲は可南子を見つめ返す。既に可南子と東雲は婚約済みだ。

しかし可南子は改めて自分の意思として告げたかった。つまり結婚前提に付き合っていた。

「病める時も、健やかなる時も、ずっと一緒にいよう。死が二人を分かつまで、どうか私と一緒にいて――」

可南子の言葉に、東雲は目を瞠って言葉を失っている。そんな彼に、可南子は言葉を続けた。

「また何度も誤解したり上手くいかないこともあるかもしれない。それでも一緒にいたいの。一生私のそばにいて」

東雲はよろよろと力を失うと、ベッドの縁に座り込んだ。可南子は這いずって彼の体にしがみつく。

「お願い。ねえ、ダメ？」

「ダメなわけないでしょう！」

振り向いた東雲の目は潤んでいた。

「俺がそう言ったんです！　ずっとそばにいたい。だから結婚してほしいって」

「そうよね。でも私も同じだってちゃんと伝えたかったの。愛してる、律——」

可南子が放った言葉に、東雲はガバリと可南子の体を抱き締める。

「もう二度と離しません！　可南子さんの仕事が終わるまで俺がイギリスに来ます！　その為にリモートでやり取りするシステムを必死で組みました！」

可南子を抱き締めながら、東雲は最後の爆弾を投下する。

相変わらず重たすぎるほどの愛だった。けれど可南子はそれをすんなり受け入れる。

「嬉しい。ありがとう」

二人の間で、固く勃ちあがった男根がその存在を主張する。

「ごめん、興奮して止まらない」

「うん。もっとこっちに来て」

可南子は東雲をベッドの中央に引き寄せる。

「待って、まだ付けてない――」

「律、さっき聞いたでしょ?」

「え?」

「『覚悟はできた?』って」

「言った、けど……」

「できたわ、覚悟。だからこのまましましょう」

厳かな宣言に、東雲は信じられないものを見るような目で可南子を見つめる。

「いいの……?」

「子供ができたら産むし、できなくても律と一緒に生きられるならそれでいい。言ったでしょ? 覚悟はできたって」

可南子は満ち足りた笑顔でそう告げた。東雲の目が更に潤みだす。

「ごめん、あの、俺こんな風になるなんて思ってもみなくて……」

そもそも彼自身、肉親との縁が薄かった。大事な人を見つけた途端、刹那的に追い求めてしまうのはその影響もあるのだろう。それが怖いとか重たいとかは思わない。可南子自身が彼の家族になるのだ。

「驚いたのかな、こんなになっちゃったね」

見ると、さっきまでいきり立っていた東雲の男根が少し力を失くしている。可南子はそっと手を伸ばし、それに触れた。

「か、可南子さん!?」

「触れるの、いや？」

「嫌って言うか、久しぶり過ぎて刺激が強すぎる……」

「でもここは触ってほしがってると思うけどなあ」

小首を傾げる可南子に、東雲は右手で顔を覆ってしまう。

「いや、だってそれは……」

「律は私のことを少し神格化しすぎ！　私だって律に気持ち良くなって欲しいんだからね？」

「え、あ、あの……！」

東雲が固まっている間に、可南子は両手でそっと全体を包み込むと、優しく撫で上げた。それだけで肉棒はむくむくと膨らみだす。

「律自身よりよっぽど素直ね？」

可南子がいたずらっぽく微笑むと、東雲は観念したように俯いた。

可南子はそれを受け入れてもらったと判断し、更にそっと力を入れて竿の部分を握る。益々それは固くなり、可南子の手の中で脈打ち始めた。

「可愛い。食べちゃいたい」

「え!?」

可南子が漏らした言葉に東雲は狼狽した声を上げるが、構わず体を倒して先端に口付けた。

「か、可南子さん！」

そのまま精液も垂れさせ始めた亀頭を頬張（ほおば）る。ちょうどカリの部分で唇をすぼめると、東雲の呻（うめ）く声が聞こえた。

「どう？　気持ちいい？」

竿を握った手を上下に動かしながら可南子は尋ねる。

「もう……、ビジュアルだけでもヤバいんだけど……！」

膝立ちの腹ばいになってフェラチオをする姿は、ダイレクトに受ける感触と、透けるレースのビスチェが巻き付いた背中からお尻までを目の前に晒すポーズで、東雲を興奮させているらしい。

東雲のペニスが大きくなりすぎて可南子の口には入りきらなくなったので、横から舌を這わせた。

「あ、可南子さん、俺もう……」

「いいよ、一回出す？」

「ダメ、出すなら可南子さんのナカがいい」

きっぱり言われておかしくなった。

「じゃあ、そうしようか」

可南子は身を起こすと、東雲の太腿をまたいで膝立ちになる。そして既に固く張りつめているペニスの上に、手を添えてそっと腰を下ろした。

ずぶずぶと可南子のナカに東雲が沈み込んでいく。

「ああ……」

東雲が熱い吐息を漏らす。直接つながり合う感触が堪らないのだろう。

「イイ。すごくイイ。可南子さんのナカ、熱くて溶けちまいそうだ……」

「ねえ、動いていい？」

「ああ、動いて。可南子さんが気持ちいいように動いて」

言われるがまま、可南子は腰を揺らし始めた。

「うん、私もいい……」

ぴったりとひとつになる感触は最高だった。

「可南子さんのココ、触ってあげるね」

東雲は甘い吐息を漏らしながら可南子のクリトリスを指で探って弄り始めた。

「ひゃ、ダメ、そんなことされたら――」

「あは、すごい締め付けてくるね。やっぱりここが気持ちいいんだ」

「そうだけど……うまく動けなくなっちゃう……」

「大丈夫だよ。ほら、一回キスして」

「ん……」

東雲に抱きつきながら可南子は唇を重ねた。そのまま角度を変えながら唾液を絡め合う。先端だけむき出しになった胸が、東雲のそれと擦れて堪らなかった。

「キスしても締め付けてくるんだね。気持ちいいの？」

「うん、キスするの好き。律とのキスは頭が蕩けちゃいそうになるの……」

「じゃあ、もっとしようか」

繋がったまま、抱きしめ合ってキスを続けた。すっかり膨らんだ可南子の突起も、東雲の陰毛に擦られてますます充血していった。

あまりの気持ち良さに蜜洞が収縮すると、東雲のペニスは逆らうように更に大きく固くなる。

「ねえ、分かる？　俺の……可南子さんの一番奥に当たっちゃってる。子宮が下りてきてるってこういうことかな」

「ん、そうかも……」

キスの合間に会話を交わしながら、二人はこれ以上なく密着した。

「あ、可南子さん……、可南子――」

呼び捨てにされ、嬉しくて腰が上下に動き始めてしまった。

「も、我慢できない。律、律――」

互いの名を呼びながら腰をぶつけ合う。その度に突き刺さった肉棒は可南子の最奥を突き、快楽に狂わせた。

東雲も下から腰を突き上げてくる。

「あ、あぁん！　律、ちょうだい、ナカにいっぱいあなたをちょうだい……っ」

「出る、出すよ、受け止めて――」

ばちゅばちゅと打ち付け合う動きがどんどん激しくなる。可南子は髪を振り乱して彼に応えた。

「あ、律、イく、イっちゃう……！」

可南子が半狂乱になって叫ぶと、東雲は思い切り深く突き上げ、可南子のナカで思い切り射精する。ドクドクと煮えたぎるような精液が可南子のナカを満たした。

東雲が強く可南子を抱き締める。

ハアハアと互いに荒い息を漏らしたまま数分間、繋がって抱き合っていた。やがて結合部分から白濁した東雲の精液が漏れてくる。

「あ、律のが――」

可南子は思わずその光景を凝視してしまう。

「ダメ。全部呑み込んで――」

「え？」

東雲は繋がったままゆっくりと可南子の体を背後に押し倒し、更に強く自分の腰を可南子に押しつけた。

「あ、律……」

可南子のナカで柔らかくなっていたペニスが再びむくりと勃ち上がるのが分かる。

「もっと……もっと可南子さんのナカに吐き出したい。だめ？」

頑是ない言い方に可南子は苦笑を漏らして言った。

「いいよ。何度でもナカに出して」

東雲は安心したような笑顔を浮かべると、可南子の太腿を抱いてナカを再びゆっくり往復し始めた。その動きは緩慢で、可南子はゆったりと官能の海に浸り始める。

気持ちいい。なにものにも代えがたい安堵感に包まれる。

しかしその緩やかさは鈍痛のようにじわじわと可南子の脳を侵し始めた。やがて物足りないもどかしさが可南子を襲い始める。

「あの、律……」

「ん？　どうしたの？」

「その、ゆっくりするのもいいんだけど……」

恥ずかしさに声が震えてしまった。そんな可南子を見下ろし、東雲は充足した笑顔を見せている。

「どうして欲しい？　可南子さんのいうことなら何でも聞くよ？」

彼は固くなった半身で可南子のナカを味わっているようだ。汗ばんだ額に貼り付いた前髪が色っぽい。可南子は意を決して告げた。

「もっと強く突いて」

「……ああ、わかった」

可南子のナカから落ちそうになるギリギリまで引き抜くと、一気に腰を引き付けてズン、と奥を一突きする。

「はぁんっ！」

「もっと？　もっと欲しい？」

「うん。もっと欲しいの、お願い……！」

可南子のねだる声に、東雲は大きくグラインドを描きながら最奥を突き始める。

「ぁああっ！　あんっ！」

その度に可南子はあられもない声を上げて東雲を締め付けた。

「可南子さん、ダメだよ、そんなに強く締め付けたらもたない……っ」

食いしばった歯の奥からくぐもった声が漏れる。

「いいよ、きて、私もイっちゃう……っ」

せり上がってくるエクスタシーに可南子の体が震え始める。東雲はそんな可南子にスピードを速めながら射精のタイミングを告げた。

「イく――――っ！」

可南子のナカで再び東雲の精液がほとばしり、一気に満たしていく。

「あ――――っ」

可南子も白い喉をのけ反らせて受け止めた。子宮が熱い精液で満たされていく。
可南子は絶頂の中で一気に意識を失った。

翌日、二人で手を繋ぎ、テムズ河のほとりを散歩する。ロンドンは相変わらずの曇天だったが、可南子の心は晴れ渡っていた。そのままナショナルギャラリーや大英博物館を梯子（はしご）する。と言っても展示物が多すぎてとてもすべては見て回れなかったので、有名どころをかいつまんでみて歩いた。

ホテルに戻ってからはせっかくなので、中にあるレストランへ行って食事をする。ラムのローストとヨークシャープディングが絶品だった。

部屋に戻れば当然のように抱き合う。東雲にキスされながら、可南子はくすくすと笑いだした。

「なに？」

「だって……こんな高級ホテルをラブホ代わりに使うなんて、私たちくらいじゃない？」

「別にラブホ代わりにしているわけじゃあ……でもまあ、そうなるか」

東雲も認めてしまった。

「こんな贅沢に慣れたら、日常に戻れなくなりそう……」

「そんなことないよ。可南子さんはがっつり休んだら、その後ガンガン働き出すタイプだから」

額を合わせて囁かれ、可南子は嬉しくなって鼻を鳴らした。さすが律。よく分かっている。

「ねえ。こんな豪華な場所もいいけど、いつか田舎の方も行ってみましょう。羊や牛がいて、ゆったりとした丘を散策するの」

「田舎？　田舎で何を見るの？」

「だから羊や牛を見るのよ」

「それって楽しい？」

「ええ。楽しいわよ？　やったことはないけどたぶんね」

可南子の言葉に東雲は吹き出す。

「きっと可南子さんと一緒ならどんなところに行っても楽しそうだな」

「そうね。私はなんでも楽しめるタイプだから」

可南子は東雲のシャツのボタンを外しながら、彼の胸にキスをした。東雲はくすぐったがってまた笑う。

「でも、私が道を間違えそうになったら律がちゃんとそう言ってね」

道とは倫理的な意味でだ。

「可南子さんが道を間違えることなんてあるかな？」

東雲が不思議そうな顔で言う。

「そりゃあるでしょ。私だって普通の人間なんだから」

「こんな綺麗で逞しい『普通の人』を俺は誰一人知らないけど」

「それって褒めてる？」

「ああ、もちろん。この上なく最上級に褒めてる」

「……まあ、いいわ。そういうことにしときましょ」

可南子はそう言って、東雲の尖った鼻の頭にキスをする。

「帰国したら可南子さんの家族に会いに行かないと」

身に付けてたものを全て脱ぎ捨ててベッドの中に二人で潜り込んだ。

「父と祖父はたぶん大丈夫。でも母と祖母には気を付けて。結構クセ強めだから」

可南子の鼻白んだ声に、東雲は僅かに怯む。

「……可南子さんの家って結構女系？」

「そうかな。どうだろ」

比べる家がないからよく分からない。可南子が女だから女家族に対しての判断が厳しいのかもしれない。けれどお調子者の弘輝は置いておいても、次男の勢津より末っ子の庸子の方が強い気がする。なぜかは分からないが。

「まあいいか。どうせ家族になるんだし」

東雲の言葉に、可南子は胸が温かくなった。愛しい彼の前髪を掻き上げて額を撫でながら、可南子は「うん、家族になろうね」と囁く。

東雲は可南子の両方の手首を持ってキスをした。

愛しい。嬉しい。ずっと一緒にいたい。お互いにそう思える奇跡が嬉しかった。


結局、東雲がロンドンに来てから一か月後には可南子の帰国が決まった。

帰国したらすぐにでも東雲と入籍する予定だ。本当は泊まったホテルから翌日大使館に直行し、そのまま入籍しようとしたが、帰国してからの方が早いことが分かって諦めた。

東雲は宣言通り、残りの一ヶ月を可南子と共にロンドンで過ごしている。さすがにずっと高級ホテル住まいとはいかず、ちょうど空いていた可南子の向かいの部屋を借りることになった。大家のエリザは東雲を歓待し、可南子の分と合わせて美味しい食事を作ってくれる。そして夜はどちらかの部屋で一緒に眠った。

夢の遠くに水の音を聞きながら、二人の甘い夜が続く。


今夜もテムズ河の水が、街の光を照り返しながら静かに流れていった。

あとがき

こんにちは。あるいは初めまして。この度は『隠れイケメンの年下社長を磨いたら熱烈求婚されました』を手に取って頂き誠にありがとうございます。天ヶ森雀と申します。ルネッタでは二冊目となりますが、今後ともお見知りおき頂ければ幸いです。

「会社員にとってスーツは戦闘服だ」というのは誰の台詞だったか。そもそもこのお話を書くきっかけは偶然流れてきたショート動画でした。外見に悩みを持ち、自分を変えたいと望む依頼に、動画主が髪形やメイク、衣装選びまでしてまるっと変身させる内容です。その変身度のすごさもさることながら、依頼者さんたちの表情がビフォーアフターでがらっと変わるのが印象的で。最初は自信なさげだった依頼者が、外見の変化によって自信に満ちた輝くばかりの笑顔に変わるのが本当に素敵だったんです。もちろん動画ですから多少の演出はあるのかもしれませんが、外見が内面に及ぼす影響もその逆も本当に大きいな、と思った次第。

そんなわけでもっさりひきこもりＤＴ社長の東雲律くんが生まれ、彼に魔法をかける鉄火肌（てっかはだ）ヒロイン可南子が誕生しました。と、ここまで書いて初めて気づいたんですが、もしかしたら商業作品で年上ヒロインを書くのは初めてかも？　まあ年上と言っても二歳差なんですが。可南子は四人兄弟長女なので割とがっつりお姉さん系。ただし一途すぎて「俺の女神」とまで言っちゃう押せ押せ律に戸惑い翻弄されていきます。ある意味重たすぎる愛を捧げてくる彼に、躊躇（ためら）いながらも溺れていく可南子と、攻めながらももう一歩自信がない律との揺れる恋の顛末（てんまつ）を楽しんで頂ければ幸いです。

尚、本作の表紙は夜咲こん先生に描いて頂きました。転勤先である英国の雰囲気を背景に、とても魅力的な二人を描いて頂き本当にありがとうございます！　可南子美人だし律もかっこいい！　ぜひ夜咲先生のキャラで色んなシーンを思い浮かべながら読んで頂きたいです！

また今回もお世話になった担当様、起用してくださった版元様、書籍として作ってくださったデザイナーさんや印刷屋さん、流通の方々他、皆々様にお礼を申し上げます。

そして最後に、この二人の物語が読んでくださった皆様に感謝を。今作が一幅（いっぷく）の幸せな時間を提供できますように。

天ヶ森　雀　拝

ルネッタ🄻ブックス

隠れイケメンの年下社長を磨いたら熱烈求婚されました

2024年2月25日　第１刷発行　定価はカバーに表示してあります

著　者　天ヶ森 雀　©SUZUME TENGAMORI 2024
発行人　鈴木幸辰
発行所　株式会社ハーパーコリンズ・ジャパン
東京都千代田区大手町 1-5-1
04-2951-2000（注文）
0570-008091　（読者サービス係）

印刷・製本　中央精版印刷株式会社

Printed in Japan ©K.K.HarperCollins Japan 2024
ISBN978-4-596-53575-7